磨铁读诗会
xiron poetry club

# 本该孤独

Charles Bukowski

[美] 查尔斯·布考斯基 著

伊沙、老G 译

江苏凤凰文艺出版社
JIANGSU PHOENIX LITERATURE AND ART PUBLISHING

**献给杰夫·科普兰**[1]

---

[1] 杰夫·科普兰(Jeff Copland),查尔斯·布考斯基的好友。跟布考斯基一样,他也是赛马爱好者,两人最初相识于赛马场。1994年在布考斯基的葬礼上,科普兰担任了抬棺人。

目录

| | |
|---|---|
| 1 | 1813—1883 |
| 3 | 红色奔驰 |
| 7 | 退休 |
| 10 | 解决问题 |
| 13 | 越过时间的野兽—— |
| 15 | 垃圾桶人生 |
| 17 | 迷惘的一代 |
| 19 | 无助于彼 |
| 20 | 我没有野心的野心 |
| 22 | 教育 |
| 26 | 洛杉矶市中心 |
| 30 | 又一次意外事故 |
| 32 | 驾驶测试 |
| 34 | 这就是为什么葬礼如此悲伤 |
| 36 | 走投无路 |
| 38 | 与简游手好闲 |
| 40 | 黑暗 |
| 42 | 纸上白蚁 |
| 45 | 一段好时光 |
| 47 | 静止的秋千 |
| 49 | 一月 |
| 51 | 双面煎蛋 |
| 53 | 穿棕色西装的男人 |
| 57 | 一个魔术师,消失了…… |
| 61 | 嗯,就是这样…… |
| 62 | 裂痕 |

| | |
|---|---|
| 我的朋友，停车场的服务生 | 65 |
| 奇迹 | 67 |
| 一首不着急的诗 | 68 |
| 第一段情事，和那个比我大的女人 | 70 |
| 高速公路生活 | 72 |
| 玩家 | 75 |
| 加州弗雷斯诺，邮箱 11946，邮编 93776 | 77 |
| 可怜的艾尔 | 79 |
| 致我常春藤盟校的朋友们 | 81 |
| 帮助老人 | 83 |
| 第三个萧条期与佛蒙特旅馆 | 84 |
| 大师计划 | 87 |
| 垃圾 | 89 |
| 我的消失行动 | 92 |
| 让我们做个交易吧 | 94 |
| 16 位 Intel8088 芯片 | 96 |
| 零 | 97 |
| 腐败 | 98 |
| 我将带走它…… | 100 |
| 据说很有名 | 102 |

| | |
|---|---|
| 105 | 最后一杯 |
| 106 | 快速启动 |
| 108 | 疯狂的真相 |
| 110 | 驶过地狱 |
| 111 | 给关切的人 |
| 112 | 滑稽小子 |
| 114 | 鞋子 |
| 115 | 咖啡 |
| 117 | 在一起 |
| 120 | 最好的品种 |
| 122 | 接近伟大 |
| 124 | 大踏步 |
| 126 | 最后的故事 |
| 128 | 黑暗中的朋友们 |
| 130 | 死亡坐在我的膝头咯咯笑 |
| 133 | 哦，是的 |
| 134 | 这是什么时代！什么风尚！ |
| 136 | 一个伟人的消失 |
| 139 | 永远的葡萄酒 |
| 141 | 真实 |
| 142 | 格伦·米勒 |
| 144 | 艾米丽·布考斯基 |
| 146 | 一些建议 |
| 148 | 入侵 |
| 156 | 困难时期 |
| 159 | 远景镜头 |

| | |
|---|---|
| 具象 | 164 |
| 欢乐巴黎 | 169 |
| 我觉得这东西比平常更难吃 | 171 |
| 刀刃 | 173 |
| 疖子 | 175 |
| 不列入 | 178 |
| 我不厌女 | 182 |
| 无情似狼蛛 | 186 |
| 他们的夜 | 188 |
| 哈？ | 191 |
| 很有趣，不是吗？1# | 193 |
| 很有趣，不是吗？2# | 199 |
| 美丽的女编辑 | 202 |
| 关于笔会 | 205 |
| 人人都说得太多 | 206 |
| 我和我的伙伴 | 210 |
| 歌 | 213 |
| 锻炼 | 216 |
| 写给脱衣舞女的情诗 | 218 |

| | |
|---|---|
| 220 | 我的伙伴 |
| 222 | 乔恩·埃德加·韦伯 |
| 224 | 谢谢你们 |
| 226 | 魔咒 |
| 228 | 天下没有不散的筵席 |
| 229 | 别扯淡 |
| 230 | 逃 |
| 231 | 戴着颈圈 |
| 232 | 猫是猫是猫是猫 |
| 234 | 穿过佐治亚州 |
| 235 | 一去不复返 |
| 236 | 拜见著名诗人 |
| 242 | 抓住这一天 |
| 245 | 缩小的岛屿 |
| 247 | 魔幻机器 |
| 249 | 我们跟踪回家的女孩 |
| 252 | 碎片记 |
| 254 | 追随者 |
| 256 | 悲壮的会面 |
| 263 | 一首普通的诗 |

| | |
|---|---|
| 从一条老狗的杯子里…… | 266 |
| 让他们滚 | 268 |
| 努力做到 | 270 |
| 好邻居之死 | 272 |
| 有时你感到很孤独,但这很正常 | 275 |
| 毕竟还有一帮好的 | 277 |
| 这 | 279 |
| 热 | 280 |
| 迟到的迟到的迟到的诗 | 282 |
| 凌晨三点的游戏 | 284 |
| 总有一天我会为残废的圣徒 写一本入门读物,但同时…… | 288 |
| 需要帮助 | 290 |
| 棍子与石头…… | 291 |
| 工作 | 293 |
| 过头 | 297 |
| 我们的欢笑被他们的痛苦掩盖 | 300 |
| 谋杀 | 301 |
| 我在干什么? | 303 |
| 紧张的人们 | 305 |
| 计算 | 306 |
| 你心如何? | 307 |
| 忘了吧 | 309 |
| 静夜思 | 310 |
| 这是我们的 | 315 |

# 1813—1883

听瓦格纳[1]
当外面的黑暗中风吹冷雨
树木摇曳街灯晃动
墙壁吱吱作响猫蹿到
床下……

瓦格纳与痛苦作战,他情绪激动但却
坚定,他是至高无上的战士,侏儒世界中的
巨人,他直上云霄,打破
障碍
一种
惊人的声音**力量**,仿佛

这里的一切都在摇晃
颤抖
弯曲
爆炸
在凶猛的孤注一掷中

是的,瓦格纳、暴风雨,与葡萄酒混合,
当这样的夜晚流经我的手腕进入我的脑海
再淌进我的
肠道

---

[1] 理查德·瓦格纳(Richard Wagner,1813—1883),德国作曲家、剧作家。

一些人永远
不死
一些人从未
活过

但今晚我们都
活着。

## 红色奔驰

当然,我们全都被沮丧
困扰,这是化学
失衡问题
一种存在
有时,
似乎不给
快乐
任何真正的机会。

我正处于沮丧情绪
这头肥猪
与他面无表情的
情妇
坐在这辆红色奔驰中
插到
我面前
就在赛马场的停车场。

我体内瞬间
咔嚓作响——
我要把那浑蛋
从车里拽出来
踢他的
屁股!

我跟着他

进入泊车区
停在他后面
从车里
跳出
冲向他的
车门
然后猛
拉。
车门是
锁着的。
窗
玻璃
正摇上去。

我敲
他那侧的
窗子:
"打开!我要
踢爆你的
屁股!"

他只是坐在那儿
直直望着
前方。
女人也
那样坐着。
他们都不看
我。

他30岁的样子
比我年轻
但我知道我能
抓住他
他一副软绵绵
娇滴滴的样子。

我用
拳头
击打窗子:
"出来,浑蛋,
不然我打碎
你的
玻璃!"

他向他的
女人
微微点了一下头。

我看见她
将手伸向前排
杂物箱
打开
塞给他一支
点32口径的手枪

我看见他拿着枪
枪口朝下
打开

保险栓。

我走了
朝着
俱乐部方向,它那天
看起来
像一张
该死的
好牌。

我需要做的
就是
去到那里。

## 退休

猪排,我的父亲说,我爱
猪排!

我看着他把油脂
送入嘴巴。

煎饼,他说,卷了糖浆、
黄油、培根的煎饼!

我看见他的嘴唇被这些吃的
搞得湿乎乎的。

咖啡,他说,我喜欢滚烫的咖啡
足以烫伤我喉咙的咖啡!

有时太烫了,他一口吐到
桌上。

土豆泥和肉汁,他说,我
爱土豆泥和肉汁!

他吞了下去,面颊鼓起
就像得了腮腺炎。

辣椒和豆子,他说,我爱辣椒和
豆子!

他狼吞虎咽,然后大声放屁
数小时,在每个屁后都咧嘴大笑。

草莓酥饼,他说,加香草
冰激凌,那是结束一顿饭的最佳方式!

他总是谈论退休,谈论
退休后他将干
什么。
不谈论食物时,他就
喋喋不休地谈论
退休。

他没机会等到退休,有一天他死了
当他站在水池边
接一杯水时
他忽然挺直仿佛
中了枪。
玻璃杯从他手中掉落
他向后倒下
平平着地
他的领带滑向
左侧。

事后
人们都说真难以
置信
他看起来
好极了。

令人尊敬的白色
鬓角,衬衣口袋里
总有一包烟,总在
开玩笑,也许声音
有点大,也许脾气
有点坏
但总的来说
貌似是个不错的
人

从不
旷工。

## 解决问题

在这个湿漉漉的早晨。冥王拍着他长了疱疹的手
一个女人在我的收音机里唱歌,她的声音爬
过烟雾,还有酒的味道……

这是一段孤独时光,她唱道,你不是
我的,这让我感觉非常糟糕,
作为我……

我能够听见高速公路上的车辆,就像充斥着人群的
遥远的大海
同时越过我的另一个肩膀,远在第七街
靠西
是医院,那痛苦的房子——
床单、便盆、手臂、头颅和
呼气;
一切都太可怕了,如此持续不断的
可怕:完成的艺术:生命正在吞噬
生命……
曾经在一个梦里,我看见一条蛇吞咽着自己的
尾巴,它吞咽着吞咽着直到
吞成半个圆圈,然后停下来,
待在那儿,它被自己的身体
塞满。就这样,修复自己。
我们只拥有自己才可以继续前进,这就
足够了……

我下楼去拿下一瓶酒，打开电视
开关，格里高利·派克[1]正在扮演
弗朗西斯·斯科特[2]，他激动地给他的女人
读手稿。
我关掉了
电视。

哪一种作家会那样？给一个女人读他的
书？这是一种强奸……

我转身上楼，我的两只猫跟着我，它们是
很好的伙伴，我们没有不满，没有
争吵，我们听同样的音乐，从不为总统
投票。
我的一只猫，大的一只，跳到我的椅背上，
摩擦着我的肩膀和
后颈。

"没有好的，"我告诉他，"我不会
给你读这首
诗。"

---

[1] 格里高利·派克（Gregory Peck，1916—2003），生于美国加州，美国电影演员、社会活动家，一共获得过五次奥斯卡奖提名，1962年以《杀死一只知更鸟》赢得奥斯卡最佳男主角奖，1999年被美国电影学会选为"百年来最伟大的男演员"第12名。
[2] 弗朗西斯·斯科特·菲茨杰拉德（Francis Scott Fitzgerald，1896—1940），美国作家、编剧，代表作有《了不起的盖茨比》《夜色温柔》等，"迷惘的一代"的代表作家之一。

他跳到地板上向阳台走去
他的同伴
跟着。

他们坐看这夜晚,我们在此
获得了理智的力量。

那些早晨,几乎人人都在
睡觉的时刻,小小的夜虫,带翅膀的东西
飞进来,盘旋,急转。
打字机的电流嗡嗡作响,打开
并品尝着新酒,我写出了新的
诗。你
可以读给你的女人听,她或许会告诉你
这是胡说八道。因为她
正在读《夜色温柔》。

## 越过时间的野兽——

梵高为了画画给他弟弟写信
海明威测试他的猎枪
医学博士席琳破产了
做人之不可能
维庸因为偷窃被人从巴黎驱逐
福克纳醉倒在他城市的下水沟
做人之不可能
巴勒斯[1]枪杀妻子
梅勒[2]刺杀妻子
做人之不可能
莫泊桑在小船上发疯
陀思妥耶夫斯基靠墙排队等待被击毙
克莱恩[3]从船尾跳进螺旋桨
不可能
西尔维娅将头伸进烤箱像烤马铃薯

---

[1] 威廉·S. 巴勒斯（William Seward Burroughs，1914—1997），美国作家，与艾伦·金斯堡、杰克·凯鲁亚克同为"垮掉的一代"文学运动的核心成员。代表作有《裸体午餐》《瘾君子》《红城之夜》等。1951年，醉酒后不慎手枪走火将第二任妻子打死。
[2] 诺曼·金斯莱·梅勒（Norman Kingsley Mailer，1923—2007），美国著名作家，代表作有《裸者和死者》《夜幕下的大军》《刽子手之歌》等。1961年，诺曼·梅勒用一把削笔刀重伤了第二任妻子。
[3] 哈特·克莱恩（Hart Crane, 1899—1932），美国诗人，在短暂的一生中出版了诗集《白色大楼》和长诗《桥》，被认为是美国"最有争议"、"最难懂"的诗人之一。1932年，从墨西哥返回美国时，从客轮上投海自尽。

哈里·克罗斯比[1]跳进黑太阳
洛尔迦在路上被西班牙军队谋杀
不可能
阿尔托[2]坐在疯人院的长凳上
查特顿[3]喝老鼠药
莎士比亚是一个剽窃犯
贝多芬为对抗耳聋把喇叭塞进脑袋
不可能不可能
尼采彻底疯了
做人之不可能
全都太人性了
这呼吸
吸气呼气
呼气吸气
这些朋克
这些懦夫
这些冠军
这些光荣的疯狗
将这微末的一丁点儿光明移向
我们
不可能。

---

[1] 哈里·克罗斯比（Harry Crosby，1898—1929），黑太阳出版社（Black Sun Press）的创立者。1929年12月10日，他与情人约瑟芬·罗奇·比格洛（Josephine Rotch Bigelow）相约自杀，两人被发现死于纽约的一家酒店房间里，哈里·克罗斯比先开枪射杀了比格洛，然后自杀。

[2] 安托南·阿尔托（Antonin Artaud，1896—1948），法国诗人、演员和戏剧理论家。他终身饱受精神折磨，1937年被关进精神病院，在院中度过了九年，1948年3月4日，因患直肠癌逝世。

[3] 托马斯·查特顿（Thomas Chatterton，1752—1770），英国诗人，17岁时服毒自杀。

## 垃圾桶人生

今夜疾风劲吹
寒风凛冽
我想起了
那些毛头小子。
我希望他们中有人捡到
红瓶子。

这就是当你还是毛头小子时
你便发现
*所有的东西*
都被占有
*所有的东西*
都被锁定。
这是民主政治运作的
方式:
得到你能得到的,
试着守住它们
然后越加越多
如果可能的话。

这也是独裁统治运作的
方式
只是他们要么奴役,要么
消灭
无家可归者。

我们只是忘记了
我们的境况。

无论哪种情况
都是强
冷
的风。

## 迷惘的一代


一直在读一本书,关于 20 世纪 20 年代一位文学
贵妇与其丈夫,他们
吃吃喝喝一路狂欢横穿
欧洲
会见庞德、毕加索、阿道司·赫胥黎、劳伦斯、
　乔伊斯、
弗朗西斯·斯科特、海明威,许许多多
其他人等;
对于他们而言,这些名人就像高价
玩具,
而且读起来
是这些名人自己让自己变成
高价玩具的。
翻遍这本书
我只等一个名人
让这位文学贵妇与其
文学贵夫
滚,滚出去
但是,显而易见,他们中无人
这么干。
相反,他们与夫妇二人
在不同的海边
合影
看起来很聪明的样子。
好像所有这些是行为艺术的
一部分。

也许是因为这对夫妇
开了一家
与此有关的
有钱的报社。
他们在聚会上
在西尔维娅·毕奇的书店[1]外
都合了影。
毫无疑问,他们中有许多
伟大且(或)有创造性的艺术家,
但这些事看上去都那么
势利做作,
这位丈夫最终
自杀了
这位妇人在20世纪40年代
出版了我最初的
短篇小说集之一
现在
已经死了,然而
我无法原谅他们中的任何一位
因为他们富足该死的人生
我也无法原谅他们的高价
玩具
因为他们那副
德行。

---

[1] 即"莎士比亚书店",20世纪初由西尔维娅·毕奇开办,是巴黎"迷惘的一代"的聚集地之一。

## 无助于彼

心中有一个地方
永远不会被填满

一个空间

甚至在
最好的时刻
和
最伟大的
时代也不会被填满

我们会知道的

我们会比以往
更清楚

心中有一个地方
永远不会被填满

那么

我们将等待
等啊
等

在那个
空间里。

**我没有野心的野心**


我父亲有些小警句,大部分是在晚餐时
分享的;食物令他想到
生存:
"成功或者吃鸡蛋……"
"早起的鸟儿有虫吃……"
"早睡早起身体好……"
"在美国只要你想要就一定会得到……"
"上帝照顾这些人……"

我不知道他在对谁
说这些,我个人认为,他是一个
疯狂而愚蠢的畜生
但我母亲总会
插话:"亨利,好好听你
父亲说话。"

在那个年纪我
别无选择
但当食物与话语一起
下肚
食欲与消化力便随之
而来。

我似乎从未在地球上
遇到过第二个
像我父亲一样

能让我如此沮丧的人。

看起来我对他
也有同样的
影响。

"你是个懒汉,"他告诉我,"你永远
都会是个懒汉!"

于是我想,如果成为一个懒汉
就是成为跟这个浑蛋相反的人,
那便是我要
成为的。

可惜他已经死了
很久
现在他看不到
我已经成为一个多么
成功的
懒汉。

**教育**


坐在那个嵌有小小墨水池的桌旁
我对两个词感到困惑
"sing"和"sign"。
我不知道为什么
但是
"sing"和"sign":
令我
心烦。

其他人继续学,并学到了
新东西
可我只是坐在那里
思考
"sing"和"sign"。
有什么东西在那里
让我无法
克服。

它所给我的是一阵
腹痛,当
我望着所有这些
后脑勺。

女教师有一张
凶狠的脸
五官突然集中到一个

点上
满脸涂着厚厚的
白粉。

某一个下午
她要求我妈来
见她
然后我便和她们一起
坐在教室里
当她们
谈话时。

"他任何东西
都听不进去。"这位教师
告诉我的
母亲。

"请给他一个
机会,史密斯夫人!"

"他不努力,柴那斯基
夫人!"

我的母亲开始
哭泣。

史密斯夫人坐在那里
看着
她。

持续了
几分钟。

然后史密斯夫人说：
"好吧，看看我们能做点
什么……"

接着我和母亲
一起散步
在学校前面
散步，
那里有很多绿草坪
和
人行道。

"哦，亨利，"我的母亲说，
"你的父亲对你失去
信心了，我不知道我们
能做什么！"

父亲，我心说，
父亲父亲
父亲。

那样的话。

我决定在那所
学校
啥都不学。

我的母亲走在
我身边。
她什么
都不是。
我感到腹痛
我们
头上的树
甚至都不像
树
而更像
其他
任何东西。

## 洛杉矶市中心

凌晨三点你用鞋子砸破窗户,然后把头
伸进玻璃碎片里,狂笑,这时电话响起
电话那头发出恐吓,你对着听筒回骂,用力挂
断电话,女人尖叫:"**你在
干什么,你这个浑蛋!**"

你傻笑,看着她(这是什么玩意儿?),你不知割
    伤了哪里,好极了,
鲜红的血滴在你肮脏的破汗衫上,威士忌在
你的无敌中咆哮着:你年轻,大块头,这个世界
已经被人类百年的恶臭笼罩了而

你在正确的航道上
还有一些酒要喝——
太好了,这是一出戏剧性闹剧,你可以用
神韵、风格、优雅和精英
神秘主义来处理它。

又一个旅馆醉汉——感谢上帝赐予我们
旅馆、威士忌和
街上的女人!

你转向她说:"你这个烂人,别说我坏话!我是
城里最强悍的男人,你根本不知道跟你
在这间屋子里的人是谁!"

她只是看着,将信将疑……一支烟晃来晃去,她快
疯了,想找个出口:她很难,她害怕,她被
愚弄,掌控,虐待,利用,滥
用……

但是,在这一切之下,对我来说她是鲜花,我看到
的是她
被谎言毁掉之前的样子:他们的谎言,和
她的。

对于我,她是新的,就像我是新的:我们有机会
在一起。

我走过去给她倒满酒:"你有品位,亲爱的,你不像
其他人……"

她喜欢这样,我也喜欢,因为要让一件事成真你要
做的就是相信。

我坐在她对面,她讲她的生活,我补充,
给她点烟,我在听,洛杉矶在
听:她吵得厉害。

我变得感伤,并决定不和她做爱了:再给她一个男人
也帮不了她,再给我一个女人对我也
没用——重要的是,她看起来没那么
美好。

实际上,她的生活很无聊并且相当普通,可大多
　　数人都是——我也是
但当她喝威士忌
喝上头时除外
她开始大喊大叫,她是真的可爱,也是真的可
　　怜,所有她想要的
就是她一直在要的东西,只是离她越来越
远。

然后她停止哭泣,我们只是喝酒抽烟,
很平静——那夜我不想打扰
她……

从墙上拉下折叠床有些困难,她
上前来帮我,我们一起拉——床突然落下——砸
在我们身上,一个坚硬的死神一样的无意识的物
　　　体,把我们
击倒在地
在惊恐中我们先是尖叫
继而开始大笑,疯了似的
大笑。

她先去浴室,然后我去,然后我们伸懒腰接着
睡觉。

我一大早被闹醒……她趴在我中间,嘴在
亲我,正拼命在亲。

"好吧,"我说,"你不必这么

做。"

她继续,结束……

早晨我们经过酒店前台接待员,他戴着粗框墨镜,
似乎是坐在某种狼蛛之梦的阴影中:我们来到
酒店时
他就在那儿,现在他还在那儿:某种永恒的黑暗,
  我们快走到门口时
他说:
"别再来了。"

我们走过两个街区,向左转,再走一个街区,然后
  向南一个街区,进入
位于这个街区中心的
威利酒吧,坐在
中间。

我们坐在那里,先点了啤酒,她在她的钱包里
找烟,然后我起身,走向自动点唱机,塞入
一枚硬币,回来,坐下,她举起她的杯子,"第一
  曲是最好的。"
我举起我的酒,"而最后一曲……"

外面,车辆川流
不息,
漫无目的。

## 又一次意外事故

猫被车撞了
现在银亮的螺丝固定着撞碎的
股骨
右腿
包扎着鲜红的
绷带

把猫从兽医诊所带回了家
我的视线
刚刚
离开他

他就跑过地板
拖着他红色的
腿
追母
猫

这是这浑蛋
所能做的
最糟糕的事

他在惩戒
箱中
现在
大汗

淋漓

他就跟
我们
一样

他用一双黄色的
大眼睛
盯着你

只是想
过上
好
日子。

**驾驶测试**

司机们
处于防御和路怒之中时
经常向
那些
影响他们开车的人
竖中指。

当手指
冲向我时
我知道
它暗示了
什么
有时
那些红润
扭曲的
脸
和
手势
让我忍俊不禁。

但是今天
我发现自己
朝某个家伙
竖了中指
他从一个超市
出口

直接
开进我的车道
等都不等。

我冲他摇晃
手指。

他看见了
我朝着他右侧的
后保险杠
开了过去。

这是我
头一回做这种事。

我是俱乐部的
一员
我感觉自己像个
白痴。

## 这就是为什么葬礼如此悲伤

他拥有所有的技能,但他懒惰,没有
欲望,女人们吸干了他的感觉、他的
感情,他只想开着他
浮华的轿车
一个月打一次蜡
鞋子稍一磨损
便扔掉
但是
他在商业上
游刃有余
他的左勾拳能打碎男人的肋骨
如果我能够让他那么做的话
但是
他缺乏天生的想象力
他名列前茅
但没有乐感。
他赚很多钱
但这些钱终会离开
他。
总有一天他会
连一点小事都做不了
他现在就是这样。
他对胜利的看法就是
尽可能多地扒下女人的
内裤。
他是

这方面的冠军。
当你看见我冲着
在屋角苟且的他
大喊大叫时
我是在试图唤醒他面对
当下的
现实。
他只是咧嘴一笑:
"你来揍他啊,他是个
浑蛋……"

你毫无办法,表兄,有多少人
非不能也
实不
为也。

**走投无路**


好吧,他们说会变成
这样:日益衰老。江郎才尽。思拙
词穷。

听着黑暗的
脚步声,我转身
望向身后……

还没有,老狗……
很快了。

现在
他们坐着谈论
我:"是的,已经发生了,他
完了……很
可悲……"

"他从未做过大事,
是吗?"

"好吧,不,但是现在……"

现在
他们在庆祝我的死亡
在我不再光顾的
小酒馆。

现在
我独自饮酒
在这台故障中的
打字机前

当阴影
显形
我与缓慢的撤退
作战

现在
我的随口承诺
逐渐减少
逐渐减少

现在
点燃新烟
倒更多的
酒。

这是一场美丽的
战斗

依旧
是。

**与简游手好闲**


没有炉子
我们就把豆子罐头
浸入水槽的热水中
给它们加
热
我们在星期一
读星期天的报纸
报纸是从垃圾桶里
掏出来的
但我们有方法
付酒钱
付房租
钱从街上冒了
出来
从典当行里冒出来
不知从哪里冒出来
所有事中最重要的
是下一瓶酒
在哪儿
我们喝酒唱歌
还有
打架
在醉鬼拘留所
车祸现场
医院
进进出出

我们用路障
挡住警察
其他房客
恨死
我们
旅馆的
接待员
害怕
我们
而一切继续
继
续
这是我生命中
最精彩的
时光
之一。

## 黑暗

黑暗降临人性
面孔变成可怕的
玩意儿
贪得
无厌。

我们所有的日子都充满了
意想不到的
冒犯——有些
是灾难性的，其他的
则比较轻
但这过程
令人疲倦并且
持续不断。
裁员规则。
大多数人让出
本该
有人的
位置。

我们的祖先、我们的
教育制度、
土地、媒体、
道路
已经
上当受骗并误导
群众：他们已被

目前
梦想的
枯燥乏味
所击败。

他们
没有意识到
成就或者胜利或者
好运或者
不管你想叫它什么的
东西
一定会有
它的失败。

只有重新聚集
和继续
才有可能
为任何
可能演变的魔法
赋予实质。

那么现在
当我们准备自毁时
已经没有什么
可被杀死的了

这令悲剧
越来越少
越来越
多。

**纸上白蚁**

我发现的问题是
我所认识的大多数诗人
他们从来没有一份 8 小时的工作
没有什么
比
一份 8 小时的工作
能让一个人
更多地
接触现实。

我所知道的
大部分诗人
似乎都
孤独地存在于
空气中
但
并非真是
如此:
他们身后有
家庭成员
通常是妻子或妈妈
支持他们
灵魂的存在
所以难怪
他们写得
如此糟糕:

他们从一开始就
受到保护
不受现实的
影响
而他们
什么都不懂
除了他们的指甲
尖儿
以及
他们精致的
发际线
还有
他们的淋巴
结。

他们诗中的词汇
死气沉沉,空洞无物,缥缈
不实,更糟糕的是——是这么
时髦
无趣。

柔软而又安全
他们聚集在一起
密谋,仇恨,
八卦,大部分
美国诗人
都在迫切逼出自己的
才能
妄图成为

伟大的诗人。

诗人（？）
那个词需要重新
定义。

当我听见那个
词
我就一阵反胃
好像马上就要
呕吐。

只要
我不必待在
观众席
就让他们
一直在
台上吧。

## 一段好时光

听着,她躺到床上说,我不要任何
东西,我们就只是做,我不想陷进去,听懂了
吗?

她蹬掉她的高跟鞋……

当然,他站在这儿说,让我们假装
已经做过了,那样才最不会陷进去,
对吗?

你什么意思?她问。

我意思是,他说,不管怎样,我想
喝酒。

他给自己倒了一杯。

这是维加斯一个糟糕的夜晚,他走到窗前
望着外面昏暗的灯光。

你别这么扫兴,她说,就因为你在赌桌上
输了钱——我们一路开车过来,是为了享受一段
　　好时光
现在看看你:烂醉如泥,你完全可以在
洛杉矶
这么喝!

对,他说,我喜欢做的事情就是
喝大酒。

我要你带我回家,她说。

我很乐意,他说,我们
走吧。

这段时间里,他们什么也没有失去,因为他们什么都
没有找到,当她穿好衣服,他很
难过
不是为了他和她,而是为了数百万
像他们一样的人
窗外灯光闪烁,一切毫不
费力地虚伪着。

她准备好了,快点儿:让我们赶紧离开这里吧,她
说。

好的,他说,他们一起走出了门。

## 静止的秋千

萨洛扬[1]告诉他的妻子:"我
赌博是为了
写作。"她让他
放手去干。

他输了 35 万美元
大部分是在赛马场
但还是无法写作或者
付他的税。

他逃走了,流亡
巴黎。

后来他回来了,欠了
一屁股
债——
版税一落
千丈。

他仍然无法写作或是
他所写的无法
出版
因为那巨大的

---

[1] 威廉·萨洛扬(William Saroyan,1908—1981),亚美尼亚裔美国小说家、剧作家。

勇敢的
在大萧条时期
让每个人都
振作起来的
乐观主义
到了经济繁荣的时候
就变成了
糖水。

他死了
一个日渐式微的传奇人物
留着跟他父亲一样
浓密的
八字胡
在亚美尼亚风格的
老弗雷斯诺城[1]
在一个再也不能使用
威廉这个名字的
世界里。

---

[1] 弗雷斯诺（Fresno），美国加利福尼亚州中西部城市。

## 一月

在这里
你看见这
手

在这里你看见这
天空
这
桥

听见这
声音

这大象的
痛苦

这侏儒的
噩梦

当
笼中鹦鹉
坐在一片
花团锦簇
之中

当人们
像鹅卵石
像

石头
坠落在
边缘

疯人院在痛苦中
尖叫

当世界的
皇室成员被
拍照
比方说
在马背上
或者
说
观看为他们
举行的
游行时

仿佛
瘾君子吸毒
仿佛酒鬼喝酒
仿佛杀手杀人

信天翁眨着它的
双眼

天气
大多时候
一成不变。

## 双面煎蛋

**无关紧要**。坐在咖啡馆吃早餐。**无关紧要**。女服务员，人们正在进餐。车水马龙。拿破仑所干的
柏拉图所说的，无关紧要。屠格涅夫可能是一只苍蝇。
　　我们累
坏了，希望破灭了。我们像将要取代我们的机器人一
　　样伸手
去拿咖啡杯。萨勒诺的勇气，东方前线的大屠杀
无关紧要。我们知道我们被打败了。**无关紧要**。这只
　　是一个
会继续下去的事件
无论如何——
咀嚼食物阅读报纸。我们
读我们自己的事。新闻很
糟糕。什么
**都无关紧要**。
当地中海果蝇侵入比佛利山时，乔·路易斯[1]早就
　　死了。
噢，至少我们还能够坐着
吃喝。这是一段艰难的
旅程。它可能会变得
更糟。可能比**无关紧要**
更糟。

---

[1] 乔·路易斯（Joe Louis，1914—1981），全名约瑟夫·路易斯·巴若（Joseph Louis Barrow），出生于美国亚拉巴马州，美国职业拳击手。

让我们向女服务员再要些
咖啡吧。
那个女人!她知道我们想引起她的
注意。
她只是站在那里
**什么都不做**。
这些都无关紧要不论是查尔斯王子跌落马下
还是蜂鸟
如此罕见
或是我们太愚蠢而不会
发疯。

咖啡。再给我们来杯**无关紧要**的
咖啡。

## 穿棕色西装的男人

他很瘦小
也许五英尺[1]三
135磅,
我不喜欢
他,
他坐在
银行的
桌前
当我排队时
他似乎在以某种方式
扫视
我
我瞪
回去,
我不知道
是什么
引起了
仇恨。
他还有一点胡子
但都快掉
光了,
他四十来岁
像大多数在银行
工作的人

---

[1] 1英尺 ≈ 0.3048米。

态度含糊
却自以为是。

某一天我差点儿
越过栏杆
去问他
他到底在
看什么?

今天我进门
站在队列中
看见他离开了他的
桌子。
一个女出纳员
跟一个男的
发生了矛盾
在她的
窗前
这位穿棕色西装的
男人
开始与
他们两个一起
商量。
忽然
这位穿棕色西装的男人
越过
栏杆
到了另一个
男人

身后
用双臂
挟持住他
然后将他拖
到门闩
入口处
沿着栏杆
到达那里
打开门闩
与此同时依然
控制着这
男人。
然后他把他拖到
那里
锁住
门
在控制住这男人的
同时
他告诉其中一个
女孩：
"报警！"

被他制服的男人
大约20岁，黑人，好一个六英尺二，
也许190磅
我想，嘿，
挣脱呀，哥们儿，监狱是一段
漫长的时光。

但他只是站在
那里
被
制服。

我在警察
到达之前
离开了。

下一次
我去银行
这位棕色西装男
还是坐在他的
桌子后面。
当他扫视
我时
我微微
一笑。

## 一个魔术师,消失了……

他们一个接一个消失,当他们消失,我也
越来越接近消失
我不是很在意,只是
我无法实事求是地对待
把人带到消失点
的数学。

上周六
最伟大的骑手之一
——小乔·奥布莱恩,死了。
我看到他赢过很多次
比赛。他
有一个特别的摇摆动作
他拨动缰绳
前后摇摆他的
身体。他
在拉锯战中
运用这个动作
极富戏剧性并且
让人印象深刻……

他太瘦小了,以至于他不能
像其他人一样狠狠地
扬鞭抽打
所以
他在马背上

愠怒地摇来摆去
马儿感觉到他兴奋的
闪电
富有节奏的疯狂摇摆
从男人转移到
马……
整个过程让人感觉是
掷骰子的人在召唤
众神，而众神
频频作答……

我看过
乔·奥布莱恩的胜利
总是要靠照片判定名次
经常以微弱
优势取胜。
其他骑手无法
驯服的马
乔能抚摩
它
而它常以
狂野之力
来回应。

乔·奥布莱恩是我所见过的
最好的骑手
几十年间我见过
很多骑手。
但没有人能够像小乔那样

驾轻就熟，随意操纵
一匹快步马或者一匹定速马
也没有人能像乔那样
创造奇迹。

他们一个接一个地离去
总统
清洁工
杀手
演员
扒手
拳击手
芭蕾舞演员
渔夫
医生
油炸品厨师
诸如
此类

但是乔·奥布莱恩是独一无二的
为小乔寻找一个
替代者
将越来
越难

而在
今晚的赛道上
（洛斯阿拉米托斯 10-1-84）
在为他举行的

仪式上
当骑手们围成一个
圆圈
身穿他们的彩色丝绸赛马服
站在终点线上
我不得不转过身去
背对人群
爬上正面看台
最高的台阶
面对着墙壁
这样人们就
看不到我
在哭泣。

## 嗯,就是这样……

有时候当一切似乎
都糟透了
当所有密谋
和啃噬
以及小时、天、周
年
看似被浪费了——
我在黑暗中
躺在床上
仰望着天花板
得出一个会让很多人
作呕的想法:
做布考斯基
还是不错的。

**裂痕**

"我再也无法和你过下去了,"
她说,
"看看你!"

"嗯?"我
问。

"看看你!
坐在那把
该死的
椅子上!
你的肚子
从内衣里
凸出来,
所有衬衫上
都有你的烟
烫出的洞!
你只知道喝
那该死的
啤酒,
一瓶又一瓶,
喝酒你能
喝出什么?"

"损害已经
造成了。"我告诉

她。

"你说
什么?"

"什么都不重要
我们知道什么都不重要
而那是
重要的……"

"你醉了!"

"来吧,宝贝,我们和睦
相处吧,这很
容易……"

"对我来说不是!"她尖叫道,
"对我来说
不是!"

她跑进浴室
化她的妆。
我起身拿另一瓶
啤酒。
我坐回去
正把新酒瓶
举向我的嘴时
她从浴室
出来。

"见鬼!"她尖叫道,
"你
太恶心了!"

我大笑
被酒呛到,嘴里的酒
都喷出来,洒在我的
汗衫上。

"上帝啊!"她
说。
砰的一声关上门
走了

我望着关上的门
和把手
不可思议
我没有感到
孤独。

## 我的朋友,停车场的服务生

——他是个花花公子
——小黑髭
——常常叼着一支雪茄

他常常靠在车上
办理业务

第一回我遇见他,他说:
"嘿!你想要
杀人吗?"

"也许。"我回答。

下一次会面:
"嘿,冲压杆!
怎么了?"

"稍微有点毛病。"我告诉
他。

下一次我带着女朋友
他只是
咧嘴一笑。

下一次我独自
一人。

"嘿,"他问,"你的小女人
在哪里?"

"我把她撇在家……"
"胡说!八成她甩了
你!"

下一次
他真的靠在车上:

"像你这样的家伙
开宝马?我敢打赌你是继承了一笔
钱,你没本事搞到
这辆车!"

"你怎么猜到的?"我
回答。

那是几周前的事儿了。
我最近没有看见他
像他那样的家伙,很有可能是去了
更好的
地方。

**奇迹**

我刚听了莫扎特
在一天之内即兴创作的
交响曲
它充溢着野性与疯狂
的欢乐,亘古
永恒,
无论永恒
是什么
莫扎特都会
尽可能
接近它。

**一首不着急的诗**


有一个家伙给我写信
他说他感觉
我现在的诗
与我过去的诗
相比较
没有"紧迫感"。

嘿,如果确实如此
他为什么
会写这样的信给我?
我让他的日子
变得
支离破碎了吗?
这是
可能的。

好吧,我也对
作家们
感到失望
我曾经以为
他们很强大
或者
至少
非常
好
但是

我从未考虑过
给他们写信
告诉他们
我感觉他们已经
完蛋了。
我发现我所能做的
最好的事
就是为自己的写作
而打字
让将死之人
死去吧
他们一贯
如此。

## 第一段情事,和那个比我大的女人


现在我回头看
我在她那里受到的
虐待
我为我如此无辜
感到羞耻,
但我必须说
她与我
酒逢知己千杯少,
我认识到长久以来
她的生命她对
万物的感觉
已经被毁坏
我只不过是一个
临时
伴侣;
她比我大十岁
被过去与现在的种种
深深伤害
她对我很坏:
冷落我,跟其他
男人鬼混;
持续不断
带给我极大的
痛苦;
她撒谎,偷东西;
冷落我,跟其他

男人鬼混,
但我们还是有过美好时光;
我们的小肥皂剧
以她在医院里
不省人事而告终,
我坐在她床边
数小时
与她说话,
然后她睁开眼
看着我:
"我知道会是你。"
她说。
然后合上她的
眼。

第二天她就
死了。

打那以后
我独自喝了
两年酒。

## 高速公路生活

有个白痴一直在挡我道而我终于绕过他,在
自由的兴高采烈中我开到 85 迈(自然地,首先检查
我们的蓝色套装保护装置的后视镜);然后我感觉并
  听到了
**猛烈的撞击声**
来自我车子底部,但是我想继续沿路前进,我强迫
自己忽略它(仿佛这会使它自己消失),即使我开始
嗅到汽油味儿。
我检查了一下油表,似乎还没有坏……

这已经是糟糕的一周
但是,如你所知,失败可以使人坚强正如胜利可以使
  你懈怠,如果
你有适当的运气和神圣的忍耐力,上帝可能会助你
一臂之力……
接着
交通堵塞,车停下来,然后我真的嗅到汽油味儿,然
  后看见我的
汽油表急速下降,接着我的收音机上说一个男人
在向北 3 英里[1] 的
弗农立交桥上一条腿跨到桥边威胁
自杀,
而这里人们朝我吼道我的油箱破了正在漏油

---

[1] 1 英里 ≈ 1609.34 米。

我有被炸入地狱的危险;
是的,我拼命点头,我知道,我知道……
与此同时,调转方向,把车开到外侧车道上
心想,他们比我更害怕:
如果我弃车逃走,附近的人也许也会这么做。

交通堵塞没有改善——自杀者仍在试图
下决心自杀,我的油表下降至红色
作为一位规矩市民耐心等待的必要性
消失了,我开始移动
车辆,调转右前轮
越过水泥桥台
开到高速公路出口,那里完全是
空旷的
然后继续开到帝国高速公路的一个加油站
停了车
还在漏着油,下车,打了修车的电话,接了
拖车的电话,未等很久,真不错,一个黑人伙
　　计——驾车而来
他给我讲了一些奇怪的被困司机的故事
(譬如一个女人,她的双手被冻在了方向盘上,花
　　了15分钟
不停地说话,撬动,才让她解困。)

几天后把车还回来了,开回来的公路上
踩刹车,踩不下去,所幸我不在高速公路上
马上熄火,滑行到路边,注意到转向器
盖子破了,卡住了刹车,扯掉它,

为保险起见扯掉更多，然后一大堆电线散开了……
倒霉……
我扭动钥匙点火，踩油门车却**发动了**
我驾车离开，摇晃的电线碰着我的腿
心想
这种事会发生在
别人身上吗？或者
我只是被选中的那个人？
我想是后者，上了高速公路，在那里
一个开着大众的家伙转过来挡了我的
车道
于是我绕过这个浑蛋
时速飙至 75，80，85……
心想，每天早上从床上爬起来
面对同样的事
一次
又一次
需要巨大的
勇气。

**玩家**

我在 6 号马上下注独赢 40 美元
他沿着赛道奔跑
有两个马位的优势
当骑师用右手鞭打
他
这马撞到了木头
把骑师甩了出去
我的比赛
开始了。

那是第 7 局比赛
我思忖此马
无论如何
输局已定
我打算离开
但我又决定玩
第 8 局,
在 5 号马身上一次
独赢 20 美元。

第 9 局我在第二大热门的
马上下注独赢 40 美元
铃声响了,比赛开始
此马直立起来
把我的骑师
留在了马厩里。

乘自动扶梯下来
走出
门去
那里一个年轻人问我要
一美元,这样他就能
坐公交车
回家。

我给了他一美元然后
告诉他:
"你应该远离这种
地方。"

"是,"他说,"我
知道。"

然后我走向停车场
摸索着我的外套
找烟。

一根都没有。

## 加州弗雷斯诺，邮箱11946，邮编93776

输了50美元之后，我开车离开赛马场。
外边是大热天
一个星期六，一大群人聚在那里；
我双脚受伤，颈部疼痛
还有肩部——
紧张：一大群人
让我不安。
把车开进私家车道，取了
邮件
开上去，停好车
进屋，打开
国税局信件
525（SC）表（修订版9-83）
读之
通知我欠款
**12604美元**
**78美分**
是我1981年的收入所得税，加上
**2883美元**
**12美分利息**
下一步的利息以
**每日一期**
的复利计算。
我走进厨房倒了一杯
酒。

美国的生活
奇奇怪怪。
好吧，我能让这利息
增加
那便是政府
想干的
但是过一会儿他们就会
来找我
或者来拿我
剩下的任何东西。
至少在赛道上的
50 美元损失看起来没那么
糟糕了。
我明天必须
赢 15487 美元 90 美分
外加每日
复利。
我为此干杯，
但愿临走时
我买了
赛程表。

## 可怜的艾尔

我不知道他是怎么做到的
他遇到的每个女人
都是疯子。
他会摆脱一个
疯女人
但他从未得到片刻
解脱——
另一个疯子就直接
住了进来。

她们搬进来之后
开始表现得
异常奇怪
这时候她们才向他承认
她们住过
疯人院
或者她们家族有
长期精神
病史。

上一个女人
他每周
送她看一次心理医生：
75 美元 45 分钟。
七个月后
她告别这位

心理医生时
对艾尔说:
"那个该死的心理医生一无
所知。"

我不知道她们都是如何找到
艾尔的。
他说第一次见面
看不出来
她们有她们的警惕
但两三个月后
警惕下降
就变成了
另外一个人。

情况变得如此糟糕
以至于艾尔想
也许是他的问题
于是他去向心理医生
咨询
心理医生说:
"你是我见过的
精神最健全的男人之一。"

可怜的艾尔。

那令他感觉
比以往
更糟。

**致我常春藤盟校的朋友们**


以前我在巡回朗读会上遇到的
或听说过的很多人
现在不是老师就是驻校诗人
还获得了古根海姆奖金、美国教育协会奖金与其
　　他各种资助。
哦,我试过为自己争取一次古根奖,甚至得到过
　　一次美国教育协会奖金,所以我
不反对这种行为
但是
你们真该看看他们当时的样子:邋遢的屁股,疯
　　狂的眼睛,胡言乱语
破坏秩序
现在
他们已被吸纳、同化、招安
他们为杂志写评论
他们写精致、安静、无害的诗
他们编辑如此众多的杂志,以至于我都不知道该
　　把诗投到
哪里
自从他们用清规戒律攻击了我的作品
我就读不了他们的东西
他们对我的人身攻击在这个国家是有效的
还有
假如不是因为欧洲,我也许还是一个挨饿的作家
或者叨陪末座
或者为你们的花园除草

或者……?

好吧
你们知道老话说:这全都是口味的
问题
那么
也不是他们对了而我错了或者我对了而他们全都
错了
或者
也许是介于两者之间。
芸芸众生无所忧
于是乎
我自逍遥
亦无愁。

## 帮助老人

今天我在银行排队
排在我身前的老人
掉落了他的眼镜（幸亏，放在
眼镜盒里）
当他弯腰
我看见对他来说这有多
难
于是我说:"等等,我来帮你
捡……"
但是当我捡起来
他又掉了他的拐杖
一根美丽的、黑漆抛光的
拐杖
我把眼镜递给他
然后奔拐杖而去
稳住那个老男孩
将他的拐杖递给他。
他一言未发，
只是冲我微笑。
然后他转身
向前。

我站在他身后等着
轮到我了。

## 第三个萧条期与佛蒙特旅馆

阿拉巴马是一个小偷扒手,在我喝酒的时候
他来到我的房间并且
每次我站起来他都将我推
倒。

你个鸟人,我告诉他,你知道我可以
制服你!

他又一次将我推
倒。

当我酒醒,我说,我要把你踢到
黄泉路上去!

他只是一直在
推我。

我终于乘机抓住了他,刚好打在
他太阳穴上
他后退,然后
逃了。

几天后
我们扯平了:我跟他女朋友
睡了

然后我走下去敲了敲他的
门。

喂，阿拉巴马，我睡了你的女人现在我要
把你踢到
黄泉路上去！

这个可怜的家伙开始哭泣，他以手掩
面一个劲儿地哭

我站在那里看着
他。

我说，对不起，
阿拉巴马。

然后我把他留在那里，回到
我的房间。

我们都是酒鬼，我们都没有工作，我们所拥有的
只有彼此。

甚至那时，我名义上的女人还在某个酒吧或者
其他地方，我已经好几天没见到
她。

我还剩下一瓶波尔图
葡萄酒。

我打开瓶塞将它带到阿拉巴马的
房间。

说,喝一杯如何,
阿拉巴马?

他抬起头,站起来,去取了两只
玻璃杯。

## 大师计划

在费城的冬天忍饥受冻
想成为一名作家
我写呀写喝啊
喝
然后停止写作
专心喝酒。

这是另外一种
艺术形式。

如果你在一件事上没有任何运气你
就试试另一件。

当然,我从 15 岁起
便开始从事
喝酒[1]
这种形式。

而在这个领域
也竞争
激烈。

这是一个充满了酒鬼与作家与酒鬼作家的
世界。

---

[1] 郑重提醒:未成年人不得饮酒!

所以
我变成了一个挨饿的酒鬼而不是一名挨饿的
作家。

最好的事是现世
得报。
我很快在四邻五舍中
变成最大的最佳的酒鬼
也许是全
城。

这绝对比坐在那儿
等从《纽约客》与《大西洋月刊》寄来的
退稿信要好得多。

当然,我从未真的考虑过放弃
写作游戏,我只是想要休息
十年
我想如果我成名很早
我就不会像现在这样
有余力冲刺,谢谢
你,

还在投入地
狂饮。

## 垃圾

我被狠狠地揍了一顿,
我选择了一头真正的公牛,为了
那些女孩,为了他自己,只是为了释放他
溢出的野蛮精力
他几乎杀死我:
我后来听说
即使在我昏迷之后
他还一次又一次踢我的
头
然后把几个垃圾桶里的垃圾
倒在我身上
然后他们把我扔在
那条小巷中。
我是从外地来的。

我回来的时候,
是星期天早上
6点左右。
满脸是
瘀伤、血痂、血块、肿块,我的嘴唇
又肿又麻,我的双眼几乎肿得
睁不开
但我站了起来,开始
行走;
在我拖着脚步回家
的路上

可以看到太阳的足迹，房屋，晃晃悠悠的
人行道，
我听到街心传来
洗牌的声音
我强迫我的眼睛
集中注意力，看到一个
男人摇摇晃晃
衣服撕裂，血迹斑斑
他身上散发着死亡与黑暗的气息
但他一直沿着街道中央
往前走
好像从发生某个事件的地方走了
几英里
那个事件如此丑陋以至于
他的心灵可能会拒绝接受
它成为生活的一部分。
我的冲动是想要帮他
我走下
路缘石
向他走去。
他看不到我，他向前
寻找可以去的地方
任何地方，
我看见他的一只眼珠
从眼窝里耷拉出来，
晃来晃去。
我后退了。
他像一头外星球来的
动物。

我让他
过去。
我听见他离去
在我身后
这些盲目的脚步
蹒跚，
痛苦，
孤独得
毫无意义。

我走回
人行道。
我走回我的
房间。
我让自己回到
床上。
脸朝上
天花板在我之上，
我等待着。

## 我的消失行动

有时
我厌倦了酒吧
我有个地方可去:
这是一片高高的草地
一片废弃的
墓地。
我不认为这是一种
病态的消遣。
反而似乎是最佳的
去处。
它给恶性的宿醉
提供了一份慷慨的治愈。
穿过草地我能够看见
许多石头,
以奇怪的角度
倾斜着
对抗重力
仿佛它们就要
倒下
但我从未看见一块
倒下
虽然墓园里有许多这样的
石头。
天气又冷又暗
伴着微风
我常常睡在

那儿。
无忧
无虑。

每次我离开一段时间
重返酒吧
他们
总会这样问:
"你到底去
哪儿了?我们以为
你死了!"

我是他们酒吧里的怪胎,他们需要我
我能让他们感觉
好一点儿。
就像,有时,我需要那块
墓地。

## 让我们做个交易吧


与这些
不断在我脑海里翻滚的
该死的河流一起,海象
船长,我只能说我难以理解
它,我会说
无数遍"**万福玛利亚**"
来阻止它——
我甚至可以回去与那个心地粗俗的
妓女同居只是
为了不让这该死的河流继续在我脑海里
翻滚,海象船长,但是
当然
我永远不会停止赌马或者
喝酒
但是
船长
如果能阻止这些河流流淌
我会承诺再也不吃
鸡蛋
我会剃光我的头和我的球,我会住在
特拉华州,我甚至会
强迫自己坐下来观看方达家族[1]的

---

[1] 方达家族(Fonda family),美国演艺世家,家族中有多位一线演员和电影制作人,包括亨利·方达、简·方达、彼得·方达、布里吉特·方达等。

任何一个人演的
电影

想一想吧,海象船长,李子
在布丁里,伞对着西风
折腰
我得对这一切
做点什么……
它似乎永不
停步。

每个人的地狱都在不同
地方:我的就在
我被毁坏的
脸
后。

## 16位Intel8088芯片

你无法在苹果电脑的
磁盘驱动器里运行
睿侠公司[1]的程序。
也不能用Commodore 64驱动器
读取您在
IBM个人电脑上的
文件。
凯普罗和奥斯本电脑都使用
CP/M操作系统
相互间却无法认出对方的
笔迹
因为它们在规划（写入）磁盘时
用不同的
格式。
坦迪2000能运行MS-DOS系统
却无法使用为IBM个人电脑
开发的大多数程序
除非某些
位和字节
被改动
但是风仍然吹过
萨凡纳
在春天里
火鸡秃鹰[2]昂首阔步
在母鸡面前
来回走动。

---

[1] 睿侠公司（Radioshack），1921年诞生于美国，是美国最受好评的手机电子零售商之一。

[2] 火鸡秃鹰，又名红头美洲鹫，是分布在美洲的一种新大陆秃鹫。

## 零

坐在这里看着天美时表的秒针一圈
又一圈转动……
这个晚上不值得记住
当其他男人与火焰般的美人儿一起滚入床单
我坐在这里寻找后脖颈上的黑头
我看着自己,发现一片空虚。
烟抽完了,也没有枪。
创作的瓶颈是我唯一的私有财产。
天美时表的秒针依旧一圈
一圈地转动……
我总是想成为作家
现在我是一个做不到的人。

不如下楼去陪老婆看晚间电视
她会问我进展如何
我会漫不经心地摆摆手
挨着她坐下
看屏幕里人们的失败
就像我已失败。

现在我正在走下楼梯

这是怎样的一幕:

一个空虚的人留心着不被绊倒,不要撞到他空虚的
脑袋。

**腐败**

近来
我有此一念
这个国家
已经倒退了
四五十年
所有的
社会进步
人与
人的
美好感觉
已经冲刷
殆尽
被同样的
陈规陋习
取代。

我们比以往
有更多
自私的权力欲
对
弱
老
穷
寡
不理不睬。

我们用战争取代
欲望
用奴役取代
拯救。

我们前功
尽弃。

我们
迅速
萎靡。

我们拥有我们的炸弹
这是我们的恐惧
我们的诅咒
我们的
羞耻。

此刻
某种东西如此悲伤
攫住我们
以至于
我们无法
呼吸
甚至无法
哭泣。

**我将带走它……**


也许我快疯了,没关系
但是这些诗越来越强烈地
浮现在我
脑海里。现在
在我喝了一大堆酒
之后
当我还要继续喝下去的时候
消耗殆尽似乎会成为我唯一的
归宿——而
疯人院、贫民窟与墓地里
都是我这样
的人——
每个夜晚当我拿着酒瓶坐下来
面对打字机时
诗不断地闪烁跳出
——在从容有力的欢乐中
咆哮:六十五年的岁月
在舞蹈——我咧嘴
一笑
键盘输入的字母不断展现出一种
令人眼花缭乱的
奇迹。

众神善待于我,通过
足以杀死一个体壮如牛的男人
的生活方式

而我并不体壮
如牛。

当然,我感觉打一开始,
我内心深处就有一种
奇怪的噬咬
但是我做梦也没有想到这种
好运
这种绝对优雅的
射击

我的死亡充其量只能是
一场
追悔。

## 据说很有名

在这个清晨的咆哮声中,没有什么值得留恋,
我的妻子,可怜的爱人,在楼下,
我整个白天都在赛马场
整个夜晚都抱着酒瓶和
这台打字机。
我的妻子,可怜的爱人,愿她在天堂找到她的
位置。

然后也有
几个我认识的
人,那些我认为稍微
有闪光点的人
有创造力的人,唉,他们
散去
但是
作为一个天生孤僻的人
我并没有过度
沮丧——
我还有我的五只
猫:婷婷、叮叮、贝克、布里克和
布劳伯。
在这个清晨的咆哮声中,没有什么值得留恋。
我现在是一个
据说很有名的
作家
影响了一大群

写作的人。
真希望
我能
对这
一切
一笑置之。

名声是最后的娼妓，其他所有都已
烟消云散。

好吧，竞争并不
激烈
但这可不是我
手腕上的毛：我老早
就意识到这一切
当我饿着肚子
一边向窗外撒尿
一边把酒杯
朝租屋的墙壁
砸碎
的时候。

婷婷、叮叮、贝克、布里克和
布劳伯。

此刻死亡是一株在我的思想中疯长的
植物

在这个清晨的咆哮声中，没有什么值得留恋。

我为死而悲，我为生而悲

但不为我的五只猫或者
我的妻子，我那将在天堂
找到位置的
妻子。

至于解散的
人们
我没有解散他们，他们自己
一哄而散。

人行道空空如也
脚步却
络绎不绝——
路就是
这么用的。
不值得留恋
当
我的收音机传出
一个人的钢琴声
墙壁
起起
落落

当一切的勇气
甚至跳蚤
虱子
狼蛛
都在这个清晨的
咆哮声中
让我震惊。

**最后一杯**

我们来了,又一次,最后的酒,最后的
诗——数十载鸿运高照——又一个酩酊大醉的
早晨,今夜不在酒馆的地板上
等拉皮条的黑人把电话挂断,这样就可以接到我的
电话了(上午竟也有如此之多)我花了
很长时间才找到一个最有趣的人
一块儿喝酒:我自己,像这样,现在到我的左边
去喝最后一杯"羔羊的
血"。

**快速启动**

我们每个人
有时
都应该
记得
我们
生命中
最
崇高
和
幸运
的
时刻。

对我来说
是
作为
一个
少不经事
的人
一贫
如洗
无亲
无故
在一个
陌生的
城市里

睡
在
公园的
长椅上

这些
对
随后的
几十年
来说
并不太
重要。

## 疯狂的真相

身穿红色服装的狂人
走上街头
自言自语
当开着跑车的牛人
闯入一条小巷
来到他面前
他高喊:"嘿,
**浑蛋!你脑子
有问题?**"

牛人踩下跑车的
刹车,背朝狂人
停下,
说:"**你说什么,
哥们儿?**"

"我说,**你最好
趁早开车给我滚,
浑蛋!**"

牛人车里有个
女人,他要
打开车门。

"**你最好别
下车,没脑子的货!**"

车门关上,跑车
咆哮
而去。

身穿红色服装的狂人
继续在街头
浪。

"**什么都没有,**"
他说,"**而且一天比一天
虚无!**"

这是个大日子
就在
韦茅斯大道的
第七大街。

**驶过地狱**


人们疲惫不悦且懊丧，愤愤不平且心存报复，受骗
　　上当且饱受恫吓，充满愤怒且无所创造
我在高速公路上和他们一样开车，他们规定了靠左
　　行驶的驾驶方式——
一些人比其他人更可恨，更受挫——
一些人不喜欢被超车，一些人试图阻止其他人通过
——一些人试图阻止别人变道，
——一些人讨厌更新、更贵的汽车
——坐在这些车里的人讨厌更老的车。

高速公路是一个廉价的情绪琐碎的马戏团，是
移动中的人性，他们中大多数来自某个他们憎恨的
　　地方
然后去向另一个他们更恨的地方。
高速公路是我们的教训，
大部分的撞车和死亡都是
不完整的生命、可怜而癫狂的生命的
碰撞。

当我在高速公路行驶时，我目睹了我的城市中
人性的灵魂，它是丑陋丑陋丑陋的：生命
让心灵
窒息而亡。

**给关切的人**

如果你结婚了他们就认为你
完蛋了
如果你没有女人他们就认为你
不完整。

我的大量读者想要我
一直写与女疯子和流莺双宿双飞的
故事——
还有,蹲监狱住医院,或者
忍饥挨饿或者
把五脏六腑
全都呕吐出来。

我同意自鸣得意很难写出
不朽的文学作品
重复自己
也不能。

如今为了这些读者
有了心病
相信我是一个知足的
人——
请为此
欢呼:苦难有时会
变形
但
永不会为任何人
停步。

**滑稽小子**


叔本华受不了大众,
他们把他逼疯了
但是他能够说:
"至少,我不是他们。"
这让他在某种程度上感到
安慰
我想起他最幽默的作品之一
是他劝诫
某个男人不要
徒劳地用鞭子抽马
因为马鞭声彻底打断了叔本华
的思路。

但是扬鞭的男人是全人类的
一部分
不论看起来多么无用而
愚蠢
一度伟大的思想
常常随着时间的推移
变得无用而又
愚蠢。

但是叔本华的愤怒是如此
美丽
如此恰当以至于我哈哈
大笑

然后
将其放在
尼采旁边
他也
太
有人性。

## 鞋子

当你年轻时
一双
女式
高跟鞋
仅仅孤零零
放在
壁橱里
便能燃烧你的
骨头；
当你老了
它们只是
一双鞋子
没有
任何人
穿上它们
并且
已经
无所谓。

## 咖啡

我在柜台边上
喝咖啡
这时候跟我隔着三四个凳子的
一个男人
问我:
"听着,你就是
前几天
晚上
在四楼
酒店房间
把自己
倒吊起来的
小子吗?"

"是的,"我回答,"那人
是我。"

"你那么做想干
什么?"他问。

"嗯,这很
复杂。"

然后
他把目光移开。

女服务员
站在
那儿
问我:
"他在
开玩笑,
对吧?"

"不。"我
说。

我付账,起身,走
到门口,打开
门。

我听见那个人
说:"这小子
是疯子。"

来到街头我
向北走去
感觉到一种
奇异的
殊荣。

## 在一起

嘿,我隔着房间
朝她喊:
**把鞋脱了,来喝
葡萄酒!**

**为什么?** 她
尖叫。

**因为这种无能为力的感觉
需要
寻找刺激!**
我又
喊回去。

嘿,隔壁公寓的
小子在砸
墙壁:**我一大早
就得起床去
工作,看在上帝的
分儿上,闭
嘴吧!**

该死的他差点
把墙推倒并且发出
最大的
声音。

我走向
她,说,听着,
安静些,他有这个
权利。

**去你的,你这个浑蛋!**
她冲我
尖叫。

这小子又开始
狠劲儿地捶
墙。

她是对的而他也是
对的。

我拿着酒瓶
走到窗前
望着外面的
夜色。

接下来我一通
豪饮
我想,我们都是
命中注定
要在一起,就是
如
此。(那便是这杯酒的
全部意义,就

像其他所有酒
一样。)

然后我回到
她身边,而
她已在
她的
椅子里睡着了。

我把她抱到
床上
熄
灯
继而坐在
窗边的
椅子里
喝着
酒,想着,
好吧,我走了
这么远
已经
足够了。

现在
她在沉睡
那么
也许
他也
可以。

**最好的品种**


没有什么
值得讨论
没有什么
值得记住
没有什么
值得忘却

这悲伤
这又不
悲伤

似乎
一个人可以
做的
最明智的
事
就是
坐着
举杯
痛饮
而墙壁
映着
告别的
微笑

一个人

以一定的
效率
和勇气
穿过
这一切
隔阂
然后又
离开

一些人
接受了
上帝
会帮助他们
熬过难关
的可能性

其他人
直接接受了
它

面对这些

今夜
我唯有独醉。

**接近伟大**

在我生命中的某个阶段
我遇到过一个男人他自称
在圣伊丽莎白医院[1]拜访过庞德。

然后我遇到一个女人她不仅
自称拜访过
庞德
还说和他
上过床——她甚至向我
展示
《诗章》中某些
埃兹拉可能
提到过
她的段落。

因此就有了这个男人和
这个女人的故事
这个女人告诉我
庞德从来没有提及过
这个男人的
拜访
这个男人声称这个
女人跟大师
没啥
关系
她是一个

---

[1] 圣伊丽莎白医院,位于美国首都华盛顿哥伦比亚特区东南部的一家精神病医院,庞德曾被囚禁于此。

江湖骗子。

既然我并非
庞学学者
我就不知道该
相信谁
但是
我知道
一件事：当一个男人
活着时
自称有很多社会关系
那几乎都是
假的
所以
在他死后，
每个人都会
庆祝。

我猜庞德
既不认识这位女士也
不认识这位先生

或者假设他认识
一个
或者假设他两个
都认识

真是可耻地浪费了
住在精神病院里的
时间。

## 大踏步

诺曼和我,十九岁,大踏步走在夜晚的
长街……自大,年轻啊年轻,自大
而年轻

诺曼说:"天啊,我敢打赌无人
能像我们这样以巨人之姿大踏步前行!"

那是1939年
在我们听完斯特拉文斯基[1]
之后

没过
多久,
战争就带走了
诺曼。

现在我坐在这儿
四十六年以后
在炎热的凌晨一点
二层楼

---

[1] 伊戈尔·费奥多罗维奇·斯特拉文斯基(Igor Fyodorovich Stravinsky,1882—1971),作曲家、钢琴家、指挥家,20世纪现代音乐的传奇人物,拥有俄罗斯、法国与美国三国国籍。革新过三个不同的音乐流派:原始主义、新古典主义以及序列主义。被誉为"音乐界的毕加索"。

酩酊大醉

仍然自大
但已不再
年轻。

诺曼,你
猜不到
在我身上
发生了
什么
在我们
所有人身上
发生了
什么。
我记得你
说过:"要么成功
要么失败。"

什么都没有发生
也永远
不会发生什么。

**最后的故事**


天哪，他又醉卧于此
一遍又一遍
讲同样的老故事
仿佛他们逼着他
讲的——一些人无事
可做，其他人
暗自窃笑
这位
大作家
嘀里嘟噜
淌着口水
在他可爱的小白
鼠的
胡须里
谈论
战争
谈论
战争史
谈论勇敢的
鱼
斗牛
甚至关于他妻子。

人们
来到
酒吧

夜复一夜
看同样老套的
表演
终有一日他会
孤独
死去
脑浆迸溅于
墙。

创造的代价
永远不会
太高。

与其他人一起生活
的代价
总是
很高。

## 黑暗中的朋友们

我还记得在一座陌生之城
一间陋室之中挨饿的感受
拉下窗帘,听着
古典音乐
我年轻我太年轻了,心中疼得像有
一把刀
因为除了尽可能长久地躲避别无
选择——
并不是自怜自艾而是沮丧于我有限的机会:
一直在尝试去建立关系。

老作曲家们——莫扎特、巴赫、贝多芬、
勃拉姆斯[1]是仅有的跟我说话的人,而
他们都死了。

最终,被饥饿打败,我不得不走上
街头接受付酬很低、内容单调的
工作的
面试
坐在桌子后面的陌生人
没有眼的人没有脸的人
他们浪费我的时间

---

[1] 约翰内斯·勃拉姆斯(Johannes Brahms,1833—1897),浪漫主义中期德国作曲家、钢琴家和指挥家,被认为是浪漫主义音乐时期最重要的代表之一。

真想打碎他们
在他们身上撒尿。

现在我为编辑为读者为城市
写作

但我仍然闲逛,并与
莫扎特、巴赫、勃拉姆斯和
贝多芬
一些伙伴
一些男人
一起狂饮
有时候我们能够保持孤独的方式
就是死亡
对着将我们关在里面的墙
喋喋不休。

## 死亡坐在我的膝头咯咯笑


我一周写了三个短篇小说
寄给《大西洋月刊》
全都被退了回来。
我把钱花在买邮票和信封
还有纸张和葡萄酒上
然后我瘦了,我经常
把我的面颊
吸在一起
它们会在我的
舌根相遇(那是当我思考
汉姆生[1]的《饥饿》时——在书中他吃了自己的
肉;我曾经咬了一口自己的手腕
但味道很咸)。

无论怎样,某个夜晚在迈阿密(我
不知道我在那座城市干
什么)我已经 60 个小时没吃东西了
我拿着最后一点救命的
便士
走进街角的杂货店
买了一条面包。
我计划慢慢地咀嚼——

---

[1] 克努特·汉姆生(Knut Hamsun,1859—1952),挪威作家,1920 年诺贝尔文学奖获得者。《饥饿》成书于 1890 年,是他的第一部小说,也是他的成名作。

好像每一片都是火鸡肉
或美味的
牛排
然而我回到房间
打开包装纸
面包片是绿色的
发霉了。

我的盛宴未遂。

我只有把面包扔到
地板上
坐在床上，对着
绿色霉菌、腐烂
发呆。

我的租金用光了
我听着那个宿舍楼里
所有人的
全部动静。

地板上
是几十篇小说和
几十封《大西洋月刊》的
退稿信。

这是傍晚，我
关灯
上床

没过多久，我
听见老鼠出没，
我听见他们爬过我
不朽的小说
在吃
发绿发霉的面包。

早晨
我醒来
看见
面包
只剩下
发绿
发霉的部分。
他们刚好吃到
发霉的边沿
留下了几块
在小说与
退稿信之间
我听见
女房东
真空吸尘器的
声音
响彻
大厅
缓缓接近我的
房门。

## 哦,是的

我最近
垂头
丧气
有时候当我
弯下腰来
系我的鞋带
会有
三条
舌头
伸出来。

## 这是什么时代!什么风尚![1]


我在邮件中收到这些女性杂志是因为
我又一次为它们写短篇小说
这几页是这些妇女
暴露她们闺房私密的地方——
看起来更像妇科医生
日记——
一切都大胆而临床般地
暴露
在平淡无聊的外表之下。
这是一个巨大的
分水岭:
秘密在想象
之中——
把它拿走你就
完蛋了。

一个世纪前
一个男人可能会被一个
姿态优美的
脚踝搞疯,
为什么不会呢?
一个人可以想象
在此之外的部分
的确

---

[1] 原文为拉丁语"O tempora, o mores!"。

是
妙不可言!

现在他们把它推到我们面前,就像
一只盘子里的
麦当劳汉堡包。

几乎没有任何东西像
一袭长裙的女人一样美丽
甚至日出
甚至天鹅南飞
在 V 字长阵中
在大早晨
明亮的清新里。

## 一个伟人的消失

他是我见过的唯一一位我真心钦佩的
活着的作家,我见到他时他已经
奄奄一息。
(我们在业内羞于赞美对方哪怕是
真的做得好的人,但我与 J.F.[1] 从来不存在
这样的问题)
我去医院看望过他
几次(没有任何人
在场)进入他的房间之后
我不确定他是睡着了
或者?

"约翰?"

他躺在床上,双目失明
并被截肢:
晚期
糖尿病。

"约翰,我是
汉克……"

他会应声,然后我们会聊

---

[1] 指约翰·范特(John Fante,1909—1983),美国小说家、
编剧。他最出名的作品是半自传体小说《问尘情缘》
(1939 年)。

一会儿（大多是他说我
听；毕竟，他是我们的导师，我们的
上帝）：

《问尘情缘》
《等到春天，班迪尼》
《南欧红》

所有其他的作品。

最后在好莱坞写
电影脚本
那是要他命的
东西。

"最糟糕的事，"他告诉我，
"是痛苦，人们的结局是如此
痛苦。"

他并不痛苦，尽管他完全
有权利这么
说……

在葬礼上我
遇到他的几个编剧
伙伴。

"我们来写写约翰的
事。"其中一个

建议道。

"我想我做不到。"我告诉他们。

当然,他们也都没有写。

## 永远的葡萄酒

重读范特的一些书
《青春的酒》
在床上
今天中午
我的大猫
**比克**
睡在我
身旁。

一些男人的
写作
就像一座巨大的桥
将你
带过
许多抓挠你撕裂你的
东西。

范特纯粹又充满魔力的
情感
悬挂在简单
干净
的诗行上。

这个男人死了
这是我曾目击或
听过的

最漫长、最
可怕的死亡
之一……

众神无所
偏爱。
我将书放到
我身旁。

书在一边
猫在
另一边……

范特，遇见你，
即使是以这种方式
也是我生命中的
大事。我不能说
我会为你
而死，我不可能
处理得那么好。

但又一次
见到你是美好的
在这个
下午。

**真实**

洛尔迦最好的诗行之一
是,
"痛不欲生,永远
痛不欲生……"

当你杀
蟑螂
或拿起剃刀
刮脸时
就会想起这句

或在早晨
醒来
面对
太阳时。

## 格伦·米勒 [1]

很久以前
在校园对面
汽水店
自动点唱机播放着
少女们富有节奏地
与橄榄球手
和校园阳光男孩共舞

格伦·米勒那时是个大人物
人人都追随他
几乎所有人
我和几个追随者坐在一起
我们本该成为不法分子
"真理"的探险家
但我喜欢音乐
和懒惰的等待
当世界朝战争冲去
当希特勒口若悬河
少女们优雅地
旋转着
秀出腿

---

[1] 阿尔顿·格伦·米勒（Alton Glenn Miller，1904—1944），美国著名长号手、作曲家、乐队领队。被誉为摇摆乐时代最具影响力的音乐家之一。他的音乐风格以流畅的旋律、精致的编曲和强烈的节奏感著称，对 20 世纪 30 年代到 40 年代的流行音乐产生了深远影响。

我们将自己隔绝
在最后的灿烂阳光里
相互取暖
当宇宙张开血盆大口
妄图将我们
吞下。

## 艾米丽·布考斯基

我的祖母总是出席复活节
复活节礼拜
和玫瑰花车
大游行[1]。

她也喜欢到
海边，坐在长凳上
面朝大海。

她认为电影是
邪恶的。

她吃下一大盘
食物。

她不断地为我
祈祷。

"可怜的孩子：魔鬼在你
体内。"

她说魔鬼也在
她丈夫
体内。

---

[1] 玫瑰花车大游行是美国加利福尼亚州帕萨迪纳市一年一度的新年欢庆方式，起源于 1890 年。

虽然没有离婚
但他们
分居了
15年
没有见过
彼此。

她说医院
胡说八道。

她从来没有去过医院
从不
看医生。

87岁
她死在一个黄昏
在喂她的金丝雀的
时候。

她喜欢
把种子丢
进鸟笼
当她这么做时
小小鸟
就会叫。

她不算很
有趣
毕竟有趣的人
很少。

**一些建议**

除了一些同龄人的
羡慕忌妒恨
还有一件事,来自电话与
信件:"你是世界上最伟大的在世
作家。"

这也不能讨我欢心因为不知为何
我认为要成为世界上最伟大的在世
作家的人
肯定有什么可怕的
问题。

我甚至不想成为世界上最伟大的作古
作家。

死了才算
足够公平。

并且,"作家"是一个非常烦人的
词。

想一想,听到这样的话该多么
令人愉快:
你是世界上最伟大的游泳
健将
或者

你是世界上最伟大的
浑蛋
或者
你是世界上最伟大的
骑手。

那
才会真的使
一个男人感觉
很好。

## 入侵

我不晓得
壁橱里有
什么东西
虽然某些夜晚
我的睡眠会被
奇怪的隆隆声
打断
但是
我总想
这应该是
轻微的
地震。

壁橱
在走廊
尽头
很少
使用。

对我来说
奇怪的事
是
这些猫
(我有
四只)
似乎

在附近
留下了
大量
粪便
(它们
才是
房屋破坏者)。

然后
猫群
一只接
一只
突然消失
但新鲜的
粪便
一直
出现。

一天晚上
我在
看股市
行情
的时候
抬起头看

卧室
门口
站着
一头

狮子。

我
在床上
靠
在
几个
枕头上
喝着一杯
热
巧克力。

现在
无人
会相信
一头狮子
出现在一间
卧室——
至少
不会
在任何
规模
的城市里。

于是
我一直愣愣地
望着这头
狮子
难以

置
信。

然后
它转身
走下
楼去。

我
尾随它——
离他
足有
十八英尺——
一只
手
紧握我的
棒球棒
另一只手
握着我
4英寸长的刀。

我看着这头
狮子
走下
楼去
然后穿过
前
厅

它在
巨大的
玻璃
推拉门前
停了一下
门面朝
院子和
街道。

门
关着。

这头狮子
发出一声
不耐烦的
咆哮。

同时
穿过
玻璃门
冲
进
夜色。

黑暗中
我坐
在沙发上
仍对
目击的

一切
难以
置信。

接着
我听见
一声
极度
痛苦和
恐惧的
尖叫
有那么
片刻
我
既无法
看见
无法呼吸又无法
理解。

我起来，
转过身去
把自己
关在
卧室里
只看见
三只小小的
狮子幼崽
滚
下

楼梯——
可爱的
邪恶的
猫科动物

当
母狮
返回
穿过
夜色和这道
破碎的玻璃
门

半拉
半拖
一个血淋淋的
男人
穿过
小地毯
留下一串
鲜红的
足迹

幼崽们
向前
冲去
月光
穿过
点亮

这
旋转的
盛宴。

**困难时期**

当我下车来到码头
两个男人开始朝我
走来。
一个看起来老迈而刻薄,另一人
块头很大,微笑着。
他们都戴着
帽子。
他们径直朝我走来
我已做好了准备。

"有事吗,哥们儿?"

"没有。"老家伙
说。
他们都停了下来。
"还记得我们吗?"

"我不确定……"

"我们给你粉刷过房子。"

"哦,是的……来吧,我请你们喝一杯
啤酒……"

我们走向一家咖啡馆。

"你是我们的雇主当中最好的人
之一……"

"是吗?"

"是啊,你一直给我们带啤酒……"

我们坐在一张粗糙的桌子前
俯瞰港口。我们
喝着
啤酒。

"你还和那个年轻女人
一起生活?"老家伙
问。

"是啊,你们在做什么?"

"现在没有工作……"

我拿出十块钱递给这位
老人。

"听着,我忘了给你小费,哥们儿……"

"谢谢。"

我们坐着喝啤酒。
罐头厂倒闭。

托德船厂倒闭
他们
全都
下岗。
圣佩德罗回到了
30年代。

我喝完我的啤酒。

"好吧,兄弟们,我们得走了。"

"你要去哪儿?"

"去买些鱼……"

我朝鱼市场走去,
半道又折回这里
冲他们
竖起右手
大拇指。

他们都把帽子摘了
朝我挥手。
我笑了笑,转身,走
了。

有时候很难知道
要做
什么。

## 远景镜头

当然,我失血过多
也许这是另一种
死亡
但我还有足够的时间
去思考
恐惧的缺席。

这很容易:他们把
我放在一个特殊病房
那是
为濒死的穷人准备的
地方。
——门有些厚
——窗有些小
尸体被
推进推出
还有
在场主持
临终仪式的
牧师。

你随时都能看见牧师
但很少看见一名
医生。

看见护士总是

美好的——
对于那些
相信有天使的
人来说
她们取代了
天使的位置。

牧师一直在烦我。

"无意冒犯，神父，但我
宁愿安安静静
地死。"我低语道。

"但是你在入学申请上
写了你是'天主教徒'。"

"那只是为了
社交……"

"我的孩子，一日天主教徒，一世
天主教徒！"

"神父，"我低语道，"那不是
真的……"

这地方最美好的是
来换床单的
墨西哥少女，她们咯咯笑，她们
与濒死者开玩笑

她们是
美丽的。

最讨厌的是
救世军乐队[1]
他们在复活节
清晨 5:30
来到身边
带给我们古老的
宗教感——号角和鼓声
等等,许多
铜管和
重击声,锣鼓喧天

那间屋子里
大约有 40 人
那支乐队
演奏到早上 6 点
把我们中的 10 或 15 个
吓呆了。

他们立马把他们推到
西面停尸房的
电梯里,一个非常

---

[1] 救世军乐队(Salvation Army Band),隶属于救世军的铜管乐队,经常会在圣诞节、复活节等基督教活动上演奏。救世军创立于 19 世纪的英国,是一个基督教新教教会和国际慈善组织,以提供社会服务、救灾援助和宗教活动而闻名。

繁忙的电梯。

我在死亡等候室里待了
三天。
我看着他们推出去了
将近五十个人。

他们终于厌倦了
等我
也把我
推了出去。

一个不错的黑人小伙子
一路
推着我。

"你想知道从病房
出来的概率吗?"
他问。

"想。"

"50 比 1。"

"见鬼,
有
烟吗?"

"没有,但我可以给你

搞些。"

我们沿路走着
当阳光设法穿透
铁丝网密布的窗子
我开始惦记
出去后的
第一顿
酒。

**具象**

他安排了这场
朗读会

他是具象诗[1]最重要的
践行者之一
我朗读完之后去了
他的
住所

他的住所位于群山之中的
高处
我们喝酒,看着巨大的
窗户外
飞来飞去的
大鸟

大部分鸟在滑翔

他说他们是鹰
(他也许是在骗
我)

---

[1] 具象诗(concrete poetry),又名图案有形诗,是将诗歌的文字排版做调整,令其以图像化的呈现方式,表达诗的意境。

他的妻子在弹
钢琴

有点
勃拉姆斯的味道

他的话不
多

他是一个具象的
男人

他的妻子很
漂亮

还有鹰滑翔的
姿势

也是
很美的

然后是落暮时分

然后是夜色笼罩

你再也看不见
鹰群

这是一场下午的

朗读会

我们一直喝到凌晨
一点

然后我钻进我的车子
行驶在狭窄的
盘山公路上

朝
下
开
去

我酩酊大醉不怕
危险

等我回到住处我
又喝了两瓶
啤酒才上床
睡觉。

然后电话
响了

是我的
女友

她打了

一整夜电话

她很生气

她指责我和别人
私通

我给她讲那美丽的
鹰

它们怎样滑翔

还有我和一个写具象诗的男人
在一起

胡说
她说
然后挂掉
电话

我在这边伸了个懒腰
望着天花板
想知道那些鹰吃
什么

然后电话又一次
响了

她问

那个具象的男人有一个
具象的妻子吧,你是不是勾搭
上了她?

不
我回答
我勾搭了一只
鹰

她再一次
挂断电话

具象诗
我在想
这是个什么
劳什子?

然后我去睡觉我
睡啊
睡啊。

**欢乐巴黎**

巴黎的咖啡馆正如你想象
他们是：
衣着考究的人、势利小人，以及
势利的侍者走上前来，让你
点餐
好像你是一个
麻风病人。
但是在拿到酒后
你感觉好多了
开始觉得自己像一个
势利小人
瞥了一眼
邻桌那个小子
他注意到了
你抽动一下鼻子
就像刚刚闻到
一堆狗屎
然后
别过头去。

当食物
送到时
味道总是太淡。
法国人使用调味品
很讲究。

那么
当你入口时
你意识到人人都被
吓倒:

太糟糕了
太糟糕了
多么可爱的城市啊
充满了
懦夫。

然后
更多的酒带来了更多的
觉悟:
巴黎是世界而世界
是
巴黎。

为
此
而
干杯。

## 我觉得这东西比平常更难吃

我常与简共饮
每天晚上
直到凌晨
两三点
钟。

而我又不得不
在清晨
5:30
去打卡
上班。

一天早晨
我正坐在一位
健康的
有信仰的
小伙子旁边
装箱邮件

他说:
"嘿,我闻到
某种味道,你
呢?"

我无精打采地
回答。

"实际上,"他说,
"这种味道闻起来
像
汽油。"

"好吧,"我告诉
他,"你别点
火柴否则
我会
爆炸。"

## 刀刃

我上夜班的邮局附近
没有停车场
所以我找到了个绝佳地点
(似乎没人想停在这儿)
屠宰场后面的一条
砂石路上
开工前
我坐在车里
抽最后一支烟
当每个黄昏渐渐变成
夜晚
我会看到同样的
场景——
猪群被一个发出猪叫
挥动一张大帆布的男人
从庭院围栏中
赶出来
赶上过道
猪群疯狂地
跑上过道
朝向等待它们的
刀刃,
许多晚上
在看过那一幕之后
在抽完我的烟
之后

我就开动车子
退出那里
驶离我的
工作地。

我旷工的次数达到惊人的
比例
以至于我最终不得不
停在
一个收费停车场
一家中国酒吧后面
在那里我只能看到
装点有东方酒
霓虹灯
广告的
小小百叶窗。

似乎不那么真实,而那正是
我需要的。

## 疖子

我与纳贝斯克[1]流水线上的女孩子们
相处得很好,最近在午餐时间
我打了公司那个
流氓,
一切进展顺利,我从
外地来,是个很少与人说话的
外地人,我是个神秘人,我
很酷,
那些小姑娘几乎都对我
感兴趣
小子们根本不知道
是怎么回事儿。

一天早上,我在房间
醒来
头的一侧(右脸颊)长了一个
疖子
而且
它的大小简直接近
高尔夫球

我应该打电话请病假
但是
我没有感觉

---

[1] 纳贝斯克(Nabisco),美国著名的饼干和休闲食品品牌。

还是继续去
工作。

它带来了变化:女人的眼睛
从我身上滑过,那些家伙
不再畏惧我
我感觉自己被天意
击败。

这个疖子
持续了
两天
三天
四天。

第五天,工头把辞退文件
递给我:"我们要削减开支,你被
辞退了。"

这是午餐前一小时
的事。

我走向我的储物柜,打开,
脱下围裙和帽子
连同钥匙
一起
扔进去
然后
走了

走到大街上
真可怕
我转身
回头看了看那栋大楼
感觉好像他们
发现了
我身上
极其下流的
东西。

## 不列入

我的马是灰色的
4 比 1 的赔率
一马当先
领先了
一个半
马身
在过了四分之三赛程
沿着直道狂奔时
他的左前腿
咔嚓折断
它摔倒了
将骑手从它脖子和
头上
甩了出去。
幸运的是
这匹马和这
小伙子
都摔到了场地
之外——他
爬起来一瘸一拐离开了
那个踢腿挣扎的
动物。

意外发生的可能性：
是不会列入
赛马表信息的

东西

在俱乐部会所
我看见哈里
远远站在
一角。
他曾是某骑手的
经纪人
现在干驯马师的
活儿
但并没有
太多的赛马
可驯。

他戴着
墨镜
看起来
很可怕。

"你驯过这匹灰马?"
我问。

"是的,"他说,
"很多次……"

"你需要援助,
不多,但是……"

我往他

外套口袋里
塞了3张20元的
钞票。

"谢谢。"他
说。

"押到一匹好马上。"

哈里为我做了些
好事
不管怎样
他是最出色的驯马师
之一
在残酷的行业里
力争上游：我们努力
击败胜负的百分比
每天
必定有一些骑手跌倒
这样
其他人才能够继续
前进。(赛道
和其他任何地方一样
只不过在这里
这种事通常更快
发生。)

我走过去拿了
一杯咖啡。

我喜欢下一轮
比赛
一场六浪[1]长的
为未赢过两次的马
准备的比赛。

美好的一击
会让神灵
就位
在辉煌的
瞬间
治愈
一切……

---

[1] 浪（Furlong），距离测量单位，一浪等于八分之一英里，相当于 201 米。现在主要用于赛马。

## 我不厌女

我收到越来越多
年轻女性的
来信:

"我 19 岁,身材很好
我现在没有工作
你的作品让我
很兴奋
我是一个好主妇
和秘书
永远不会妨碍
你
并且
愿意寄给你一张
照片,但这样
太俗气了……"

"我 21 岁
高挑漂亮
读过你的书
我为一名律师
工作
如果你还在
城里
请给我打电话。"

"我见过你
你在'游吟诗人'俱乐部
读完诗之后
我们整夜
在一起
你还记得吗?
我嫁给了
那个
你说他
声音刻薄的男人
你打电话给我时
他接了电话
现在我们离婚了
我有一个
两岁的
小女孩
我不再
做音乐但
我很想念
我想
再次
见到你……"

"我已经读了
你所有的书
我23岁
胸
不大
但有一双很棒的

腿
如果
你能回
几个字
给我
将对我
意义
重大……"

女孩们
请把你们的
身体还有你们的
人生
给
值得
拥有的
小伙子

况且
我不可能
欢迎
你们带给
我的
令人
无法忍受的
无聊的
愚蠢

还有

我希望你们
床上
床下
都有
好运气

但不要
在
我床上

谢谢
你们。

**无情似狼蛛**

正午的阳光下
欧洲一些咖啡馆
不会让你
坐在前桌。
如果你坐了，有人会
驾车经过并
用一把冲锋枪
轰出你的五脏六腑。

很长一段时间
无论在哪里
他们都不让你
感觉好过。
军人不会
让你坐在附近
放松一下。
你必须按他们的方式
做。

不快、痛苦和
报复
需要
排解——这是
你或者某些
痛苦的人
或者

最好已经
死去的人,掉进的
黑洞。

只要有
人类存在于
地球(或者
他们可能
逃到的
任何地方)
任何一个人
都不会
享有和平。

你所能做的
也许只有抓住
这里
幸运的十分钟
或是那里的
一小时。

有什么
正在向你走来
我是说你
没别人
就是
你。

**他们的夜**

我从来读不下去《夜色
温柔》
但是他们把这本书
改编成
电视剧
已经播放了
好几个
夜晚
我花了
十分钟时间
零零散散地
观看了这些富人的
烦恼
当他们靠在
尼斯的
沙滩椅上
或者在他们宽敞的房间里
端着酒杯
走来走去
展开
哲学
论述
或者
搞砸
这个
晚宴

或者那个
晚宴舞会
他们真的
不知道
自己要干什么:
游泳?
网球?
在海岸边
开车兜风?
沿着
海岸散步?
发现
新床?
丢掉
旧的?
或者
恶搞
艺术和
艺术家?

无所
抗争
他们无所
奋斗。

富人是不同的
好吧

环尾

狐猴和
沙地
跳蚤
也是如此。

## 哈？

在
德国法国意大利
我走在街头能引得
小伙子大笑
少妇
咯咯笑
还有
老妇人翘起她们的
鼻子……

而在
美国
我只是一个
疲惫的
老男人
做
疲惫的老男人
会做的事。

哦，这自有其
补偿：
我可以把我的裤子
拿去干洗或者
在超市
排队
没有

一点
哄闹:
众神恩准我
温文尔雅
不露声色。

然而
有时
我仍会
思忖我的
海外声誉
并且
我唯一
想到的
就是
我必须有一些
很棒的
翻译家。

我一定
欠他们
我的
以及他们自己的。

## 很有趣,不是吗?1#

我们围站在
一个生日聚会上
在一家奢华的
餐厅

还有
许多
特殊人物在
炫耀他们的
名声。

我想逃
离

站在近旁的
一个男人
说了一些非常适合
这种
场合的
话。

"嘿,"我对
我妻子说,"这
小子有
两下子。我们
入座时

尽量
挨着他
坐。"

我们这么做了
酒倒上
这个男人开始
侃侃而谈

他从一个
长故事开始讲起
这个故事
正逐步演化为一个
笑
点

我的问题在于
我能够猜到
会有
什么
笑点。

而
他
讲啊
讲

然后
抖出了

包袱。

"屁,"我
告诉他,"这
糟糕
透了,你
真的
让我
失望……"

他
只好开始讲
另一个
故事。


我走到
另一张桌子
站在一位
如日中天的
大明星
身后。

"听着,
我第一次
见你时
你只是一个文雅的
德国男孩。
现在

你摇身一变成了
一个
自以为是的
浑蛋。你
真的
令我
失望。"

这位大
明星（他是一个
肌
肉
男）咆哮着
并且
耸动着他的
肩膀。

然后我走到
女寿星
坐着的
被媒体
人
包围的
那张桌子。

"看看你们
这些人，"我说，
"你们的
无能和

似是而非
让我感觉像在
到处
呕吐!"

"哦,"这位妇人
对她的
客人说,"他
总是
这么
说话!"

然后她
哈哈大笑,可怜的
亲爱的。

于是
我说:"生日
快乐,
但是
我警告你
再也不要
邀请我到这种
场合来。"

然后
我回到
我的桌子

冲侍者招手
再要
一杯
酒。

那个男人
正在讲
另一个
故事

但是
远远
没有我这个

讲得
好。

## 很有趣,不是吗?2#

我们小时候
肚皮朝天
躺在
草坪上

我们经常谈论
我们会
怎样
死

并且
我们全都
认同
一样的
事:

我们全都
想干着
死去

(尽管
我们
没有人
干过)

而现在

我们
几乎
都再不是
小男孩了

我们想得更多的是
怎样才能
不
死

而且
虽然
我们
准备好了

我们中
大部分
宁愿
自己
一个人
干

在床单
下面

如
今

我们中

大部分

已经干掉了
自己的
生命。

**美丽的女编辑**

她是一个美丽的女人,那段日子我经常
在文学杂志上看到她的
照片。

我年轻但总是孤独——我感觉我需要
时间来干点什么而我能够得到时间的唯一办法
是与
贫穷相伴。

我的工作与其说是手工劳作,不如说是消除那些
让我濒临疯狂的东西——我
有过一些好运,但那并不算是一种令人愉快的
生活。

我想我表现出了良好的耐力,但慢慢地
健康与勇气开始溜走。

夜幕降临,一切都崩溃了——
恐惧、怀疑、羞辱破门而入……

我用我最后的邮票写了许多信
告诉几个精挑细选的人,我犯了一个
错误,我正在挨饿,被困在一个陌生的州
一座陌生的城市一间
冰冷黑暗的
小屋里。

我寄走这些信,然后日日夜夜漫长地
等待,希望着、渴望着得到一个体面的
回应。

只有两封信到了——在同一个日子——
我打开信封,摇摇信纸,期待有钱,但什么都
没有。

一封信来自我父亲,六页长的信告诉我
我罪有应得,我应该像他说的那样
成为一名工程师,没有人愿意读
我写的这种东西,等等等等,诸如
此类。

另一封信来自这位美丽的女编辑,整齐地打印在
昂贵的信纸上,她告诉我她久已不出
她的文学杂志了,她找到了上帝并且住在
意大利一座小山上的一个城堡里,帮助穷人,
她签下她著名的名字和一句"上帝祝福你",就是
这样。

啊,你们压根儿不知道,在这黑暗冰冷的小屋里,我
　　多想
变成意大利穷人而不是亚特兰大的穷人,我想变成一
　　个贫穷的农民,
是的,或者是她床罩上的一条狗,甚至是那床罩上的
狗身上的一只
跳蚤:我多么想要一点点最小的
温暖。

这位女士曾经将我的作品和亨利·米勒、萨特、席琳
还有其他人放在一起发表。

在一个数以百万计农民
爬过饥饿的街头的
世界
我不应该去要钱
甚至多年以后这位女编辑
死的时候
我仍然认为她
很美丽。

## 关于笔会

把一个作家带离他的打字机
剩下的
只有
疾病
一开始
就是疾病
让他提笔
写作的。

## 人人都说得太多

当
警察让我
靠边停的时候
我
递给他我的
驾驶证。
他
回去
用对讲机报告了
我车子的
品牌
和型号
并核实了
我的车牌号。

他开了
罚单
走
过来
将它
递给我
签
字。

我签了
他将

驾驶证
还给
我。

"你
怎么
一声
都
不吭?"
他问。

我耸耸
我的
肩。

"好吧,先生,"
他
说,"祝你
今天
愉快
还有
小心
驾驶。"

我
注意到
一些汗珠
在他的
额上

和
手上
那拿着
这
通行证的手
似乎
正在
颤抖
或者
也许
我
只是
在想象？

不管怎样
我
看见他
走
向
他的
摩托车
然后我
开车
驶离……

当
面对
愤怒的
尽职的

男警察
或者
女警察
我
只有一言
不
发。

因为
如果我
真的
说了
事情会
以某人的
死亡
结束：
他们的或者
我们的

所以
我
让他们
得到
一小点
胜利
他们
远比
我
更需要
它。

**我和我的伙伴**


我仍然能够回望见
我们在一起的
时光
坐在河边
拉屎——
面朝
葡萄的
时候
玩
诗
我们知道它
百无一用
除了
在等待的
时候
能有事做。

当我们
狂饮之时
帝王们
用他们惊愕的
泥巴面孔
望着我们

李白撕碎
他的诗稿

扔进
火里
投入
河中。

"你在
干吗?"我
问他。

李白递过
酒瓶:"不论
发生什么
它们
都将结束……"

我饮尽他的
学问
递回
酒瓶

稳稳地坐在我的
诗上
我的裤裆被它
卡住了。

我帮助他烧毁
他更多的
诗

它们
顺流而
下
点亮这个
夜晚
就像
美好的词语。

**歌**

胡里奥带着吉他过来演唱他的
新歌。
胡里奥很有名,他写歌也
出版内含插图和诗的
书。
它们是很
好的。

胡里奥唱了一首关于他最近爱情故事的
歌。
他唱
爱情美好地开始
然后下了
地狱。

这些并非原词
只是原词的
意思。

胡里奥唱
完了。

然后他说:"我还是很在乎
她,无法忘记
她。"

"我该怎么做?"胡里奥
问道。

"喝酒。"亨利
倒着酒说。

胡里奥只是望着他的
杯子:
"我想知道她现在在干
什么?"

"也许她正
跟男朋友在一起。"亨利
暗示道。

胡里奥将他的吉他放回
盒子,然后
走到
门口。

亨利陪胡里奥走到他
泊在车道上的
车子边。

这是一个美好的月
夜。

当胡里奥发动他的车子
倒车离开

亨利向他挥手
道别。

然后他走进去
坐
下。

他将胡里奥没碰的酒
一饮而尽
然后他
打电话给
她。

"他刚刚来过,"亨利告诉
她,"他感觉很
糟……"

"恕我失陪,"
她说,"我现在正好很
忙。"

她挂了
电话。

亨利倒满自己的
杯子
屋外的蟋蟀正唱起
它们自己的
歌。

**锻炼**


在那个萧条的街区我有两个伙伴
尤金和弗兰克
我跟他们
每星期都要打一两次
激烈的拳赛。
战斗会持续三四个小时,然后我们走出来
带着
被揍伤的鼻子、肿胀的嘴唇、乌黑的眼圈、扭伤的
手腕、擦伤的指关节、紫色的
伤痕。

我们的父母说没什么,让我们继续打并且
一直打
他们冷漠地观战
最后回去看报纸
或者听收音机或者过他们质量不高的性生活,
唯一会让他们生气的是我们撕毁了我们的
衣服,为此,也只为此。

但是尤金、弗兰克和我
得到了很好的锻炼
我们打着群架穿过傍晚,冲破
树篱,沿着沥青路打闹,越过
路缘石,窜入陌生人家的
前后院,狗群狂吠不止,人们
冲我们尖叫。

我们是
疯狂的,直到叫我们回去吃晚饭我们才停止:
我们谁都不能
错过晚饭。

不管怎样,尤金成为了一名海军
指挥官,弗兰克成了加州最高
法官,而我在胡乱地摆弄这首
诗。

## 写给脱衣舞女的情诗

五十年前我在伯班克和华丽秀
看着少女们
摇晃身体并脱光衣服
既令人难过
又激动人心
当灯光从绿色变成
紫色又到粉红
音乐大噪
生机勃勃,
今夜我坐在这里
抽烟
听古典
音乐
但我仍然记得一些
她们的芳名:达琳、坎蒂、珍妮特
和罗莎莉。
罗莎莉是
最好的,她知道怎样做
能让我们在座位上一起扭动
发出声音
仿佛罗莎莉
给孤独的人
施了魔法
那是很久以前的事了。

现在罗莎莉

要么很老了要么
已经安静地躺在
地下,
那个脸上疙里疙瘩的
小子
谎报自己的
年龄
只是为了来看
你。

你太好了,1935年的
罗莎莉
好得让我至今
难以忘怀
当灯光变
黄
夜晚变
慢。

**我的伙伴**


作为新奥尔良一名 21 岁的男孩，我并不
怎么样：我黑咕隆咚的小房间散发着
小便和死亡的味道
可我只想住在那儿，大厅
尽头住着两个活泼的女孩，她们
总是来敲我的门并聒噪："起床！
外面有好事！"

"滚开！"我告诉她们，但那只会刺激
她们继续，她们在我门上留下纸条并
用透明胶带将鲜花粘在
门把手上。

我耽于便宜的葡萄酒和生啤酒和
痴呆……

我认识了隔壁房间的
老小子，莫名其妙感觉自己就像
他那样衰老；他的脚和脚踝肿胀，连鞋带
都系不上。

每天下午一点左右我们一起
散步，步履
迟缓：对他来说每一步都很
痛苦。

我们来到街沿时，我帮助他
上上下下
握住他的肘
和他的
后皮带，我们自制的。

我喜欢他：他从不打听我
在干什么或不干
什么。

他应该做我的爸爸，我最
喜欢他一遍又一遍地
说："一切
都不值得。"

他是一个
圣人。

这些年轻女孩应该
给他
留纸条还有
鲜花。

## 乔恩·埃德加·韦伯

在新奥尔良我有一段抒情诗时期,喝着
几加仑啤酒
砸出这些肥胖的滚动的诗行。
感觉好像在疯人院里尖叫,我的世界的
疯人院
当老鼠四散于
空地上。
有时我去酒吧
但我搞不定这些坐在凳子上的
人:
男人躲着我,女人被我
吓到。
酒保把我
赶走。
我走了,莫名争取到了一捆六瓶装啤酒
回到房间、老鼠和这些肥胖滚动的
诗行。

那段抒情诗时期是疯狂到极致的
时代
有一个编辑正好住在拐角
附近
他把每页纸都塞进等待的印刷厂,毫不
拒绝
即使我籍籍无名
他把我的作品印在

可以保存
两千年的纸上。

这位编辑也是出版商和
印刷者
每个早晨
我递给他十到
二十页诗稿
他都始终一副一本正经的表情：
"这就是全部吗？"

这个疯狂的人，他自己
就是一首
抒情诗。

**谢谢你们**

有些人想要我继续写妓女
和呕吐。

其他人说这种事情令他们
反胃。

好吧,我不想念
妓女

尽管不时有妓女
试图找到
我。

我不知道她们是怀念那些酒
还是我给她们的一点钱

还是着迷于
我用文学让她们
不朽。

无论如何,她们现在必须和
任何能找到的男人
在一起。

——这些可怜的宝贝没有
主意……

我也没有
那些丑陋的咆哮之夜
终会成为素材

如此这般即使
陀思妥耶夫斯基
也不会羞怯地
回避。

## 魔咒

我从不喜欢贫民窟,所以我远离了
施粥场、血库和所有所谓的
施舍。

我越来越瘦,以至于
在正午的骄阳下,如果我侧身就很难看见
我的影子。

只要我远离人群,这对我来说就无所谓。

不论在哪里,都有
成功和不成功的
人群。

我不认为我疯了
但许多
疯子是那样
认为的

但是我想想
现在
如果有什么拯救了我
那便是避开
人群

这是我的

食物

仍然
是。

把我带到一个三个人以上的
房间
我就会
表现得
很古怪。

我有一次
甚至问我妻子：看，我一定是
病了……也许我应该去看
心理医生？

上帝啊，我说，他也许能治愈我
那么接下来我该做
什么？

她只是看着我
然后我们忘记了
这整件
事。

## 天下没有不散的筵席

在你扯下
摆满食物的桌布
打碎窗玻璃
敲响白痴的
钟声
吐出
真实可怕的
话语
穿过门廊
追赶
暴民后——
伟大而和平的时刻
到来：独坐
而且
安静地饮酒。

没有他们世界变得
更好。

唯有花鸟草虫才是
真正的同志。

我与之干杯，与之
同在。

它们等我斟满它们的
酒杯。

**别扯淡**

福克纳爱他的威士忌
边喝
边写
他没有
太多的
别的
时间。

大部分
信
他都不打开

只是将它举起来
对着光

如果里面
没有一张
支票

他便丢弃
它。

# 逃

最棒的是
把窗帘
拉上
用抹布塞住
门铃
把电话
扔进
冰箱
上床睡上
三四
天。

下一件最棒的
事情
是
没有人
惦记
我。

**戴着颈圈**

我和一位女士还有四只猫住在一起
有些日子我们和睦
相处。

有些日子我和其中一只猫
闹
矛盾。

其他日子我和其中两只猫
问题
不断。

其他日子,
三只。

有些日子我和全部四只猫
打作
一团。

还有这位
女士:

十只眼睛盯着我
仿佛我是一条狗。

## 猫是猫是猫是猫

凌晨两点钟
她对着这群猫
吹口哨、鼓掌
而我坐在这里
与我的
贝多芬一起。

"它们老是走来走去。"我
告诉她……

贝多芬庄严地把它的骨头
摇成拨浪鼓

而这些该死的猫
不关心
任何
事

即使
它们关心
我也不会
喜欢
它们:

当万物附和
人类的

趣味
它们就开始失去
天然的价值。


没有针对
贝多芬的意思:
他做得尽善尽美
就他的角色
而言

但我不会让
它
在我的地毯上
一边一条腿
跨过它的头
一边
舔着
自己的蛋。

## 穿过佐治亚州

我们就像户外烧烤架上留下的鸡翅
一样燃烧
我们是多余的,燃烧着,我们在燃烧,多余着
我们是一场多余的
燃烧
我们发出咝咝声,油煎
到骨头时
但丁《地狱》中的煤块在我们身下
噼啪喷溅
天空之上是一只张开的手
还有
智者的话是无用的
这不是一个美好的世界,一个美好的世界
这不是……

来吧,写下这首美好的烤鸡翅之诗
它坚硬烫嘴
没多少肉
但又是悲伤的理性的
一两口就吃完了
就这样

## 一去不复返

它像个老妇人一样离开
当我打开门
走进房间
床
窗
墙。

我弄丢了它
我在哪里弄丢了它
走在街头的时候
或者举重的时候
或看游行的时候
我弄丢了它
在看摔跤比赛的时候

或者在某个大雾天的
正午
等红灯的时候

我弄丢了它，在把一枚硬币放进
停车计时器的时候

我弄丢了它
在野狗安眠的时候。

## 拜见著名诗人

这位诗人成名已久
在几十年默默无闻
之后我
交了好运
这位诗人出现了
饶有兴致地
请我到他的
海滩公寓做客。

我来了,眼观
六路
慷慨陈词(佯装我不
知道):"嘿,
美女们
在哪里?"

他只是微笑并抚摩
他的胡子。

他的冰箱里
有一些莴苣
精致的奶酪和
其他美味。
"你把该死的
啤酒放哪儿了,哥们儿?"我
问道。

这不重要,我自带了
一瓶啤酒并且已经
开喝。

他开始看起来
很紧张:"我对你的野蛮
有所耳闻,求你了,
别再
那样了!"

我一屁股坐在他的
沙发上,打嗝,
大笑:"啊,宝贝儿,我
不会伤害你的!哈,哈,
哈!"

"你是一个很好的作家,"他
说,"但作为一个人你绝对
卑贱
不堪!"

"这就是我最喜欢自己的
地方,宝贝儿!"我
继续倒
酒。

一瞬间
他似乎消失在
木头推拉门

后面。

"嘿,宝贝儿,出来
吧!我不会
使坏的!我们可以坐下来
聊一晚上该死的
文学
废话!我不会
虐待你,
我
保证!"

"我不相信你。"
传来微弱的
声音。

好吧,无事
可做了
但一口气喝完,我酩酊
大醉无法驾车
回家。

当我早晨
醒来时他正站在
我面前
微笑着。

"嗯,"我说,
"嗨……"

"你昨晚说的
是真话吗?"他
问。

"嗯,怎么
了?"

"我把门关上
站在那儿,而你
看着我说
我看起来像是
驰骋在
大海上……你说
我看起来像一个
北欧海盗!是
真的吗?"

"哦,是的,是的,你
像……"

他用热茶和吐司
招待我
我都
吃完了。

"好吧,"我说,"很高兴
与你
见面……"

"确实如此。"他
回答。

门在我身后
关上了
我找到电梯
下楼
并且
在四周游荡了一圈之后
在海滩前
找到了我的车子,进
去,开走
这位著名诗人与我
似乎
关系融洽

但是
并非
如此:

他开始写
关于
我的
难以置信的可恶的东西
而我
也向他
开火了。

整个事件

就像
大多数其他作家的
会面

但是
无论如何
关于叫他
北欧海盗的
部分
不完全
确切:我说他是
一个
维京人

而这也
不是事实
没有他的
援助
我永远不会
和他一起
出现在
《企鹅现代
诗人系列》上
他是
谁呢?

耶:
拉曼提亚[1]。

---

[1] 菲利普·拉曼提亚(Philip Lamantia,1927—2005),美国诗人、作家和讲师。他的诗歌融合了文体实验和越轨主题,被认为是超现实主义和幻想主义者,为"垮掉的一代"的文学做出了贡献。

## 抓住这一天

腌臜的家伙,他总是用袖子擦
鼻涕,还每隔一段时间
放一次屁,他
蓬头垢面
粗俗不堪
不受欢迎。
他每说三个词就会吐一个粗鲁的
脏字
他咧嘴一笑露出断裂的黄
牙
他呼出的臭气乘风
而去
他的左手不停地
伸进他的
裤裆——
他总爱
随时
开黄腔,
一个最低劣的
蠢货
一个最最
避之不及的
男人

直到

他中了州
彩票。

现在
你看
他:总有一个笑眯眯的年轻女人在其
臂弯里
他在最好的地方
用餐
侍者争抢着
在他的餐桌上
服务
他用打嗝放屁打发
夜晚
撞翻酒杯
用手指抓
牛排
与此同时
他的女人们说他是
"独一无二的"或"我遇到过的
最有趣的男人"。
她们在床上
对他做的
是该死的
耻辱。

不过,我们必须
记住的是,那个
州彩票50%的奖金给了

教育系统
这很重要
当你意识到
九个人中
只有一个人
能正确地
拼写"emulously[1]"这个词时。

---

[1] 意为"好胜地"。

## 缩小的岛屿

当黎明向我俯首称臣时
我正在忙活……

凌晨 3:34 我几乎占有了它,但它
却用银鱼的魔法
从我手中
溜走了……

现在
当晦暗的光线像
该死的死亡一样向我移动时
我放弃了战斗
起身
朝浴室走去
砰的一声
撞上一面墙
发出一声可怜的猫叫一样
的笑声……
轻轻打开灯
开始尿尿,是的,在
正确的地方
然后
在冲水之后
想到:又一个夜晚
离去了。
好吧,不管怎么说

我们对吼了
一嗓子。

我们洗净我们的
爪子……
把灯
关掉
走向
卧室,在那里
妻子
醒过来
说:"别踩着
猫!"

这将我们带回
到
具体的
现实
当我们找到床
溜进被窝
面朝天花板:一个
被禁闭的
烂醉如泥的
又肥
又老的
男人。

**魔幻机器**


我喜欢有划痕的
老唱片
当唱针划过
磨损的
沟槽
你听见
扬声器里传来
声音
仿佛有一个人
在那
红木
盒子里

你父母
不在的时候
你才能听。
如果你不手摇
留声机
它便会渐渐慢下来并
停止。

下午晚些时候
效果最好
唱片诉
说
爱。

爱，爱，爱。
一些唱片有
美丽的紫色
标签，
其他的是橙色、绿色
黄色、红色、蓝色。

留声机是
我祖父的
他听
同样的
唱片。
那时我是一个男孩
而
我也在听它们。
在我的人生中
似乎没有什么比
父母不在时
听那台
留声机
更美好的回忆了。

## 我们跟踪回家的女孩

初中最漂亮的两个女孩是
艾琳和露易丝
她们是姐妹俩；
艾琳大一岁，稍微高一点儿
但很难区分
她们；
她们不只是漂亮她们有
惊人的美丽
她们的美
让男孩们退避三舍；
他们害怕艾琳和
露易丝
她们一点儿也不冷漠
甚至比大多数女孩还要友善
但是
她们的穿着
似乎与其他女孩
有些不同；
她们总是穿高跟鞋、
丝袜、
女衬衫、
裙子，
每天都穿
新衣服；
有天下午
我的伙伴秃子，和我一起跟着她们

放学回家；
你瞧，我们是球场上的
坏小子
所以
这多少也在
意料之中，
还有
就是这件事：
我们走在她们身后十到十二英尺的距离；
我们一声不吭
只是跟着
观察
她们撩人的摇摆，
匀称的臀部。

我们非常喜欢
跟着她们放学回家
每
天。

当她们走进她们的家
我们站在外边的人行道上
抽烟聊天。

"总有一天，"我告诉秃子，
"她们会邀请我们
进屋，她们还会
想和我们睡觉。"

"你真这么想?"

"当然。"

现在
五十年过去了
我可以告诉你
她们从未那么做
——不要在意我们
给那些小子讲的所有故事;
是的,一直是梦想
让你前行。

## 碎片记

花儿在燃烧
石头在熔化
门卡在我脑袋里了
好莱坞的气温华氏一百零二度
信使被绊倒了
最后的信掉进
地球一个 400 英里
深的洞中。
电影比先前更糟
死去之人的死亡之书在阅读死亡。
白色的老鼠在跑步机上跑步。
酒吧在沼泽地的黑暗之中发臭
就像孤独的人不能满足孤独的人。

没有明确的东西。
从来没有什么必须得明确。

太阳在减弱,他们说。
等着瞧。

肉汁像狗一样叫。

如果我有一个奶奶
我的奶奶就可以鞭打你的
奶奶。

自由下降。
自由变脏。
屎很费钱。
查一下销售广告……

现在人人都立刻唱出
可怕的声音
发自撕裂的喉咙。
练习的时间。

几乎全都浪费。
遗憾主要由无所作为
造成。
思想吠叫如狗。
把肉汁递给我。

如此安排是让所有的道路通向
遗忘。
下一个抄表日期：
6月20日。

而我感觉很好。

**追随者**

凌晨 1：30 电话响起
这是一个来自丹佛的男人：

"柴那斯基,你有一个追随者在
丹佛……"

"是吗?"

"是,我搞到一本杂志,我想要一些
你的诗……"

**"浑蛋,柴那斯基!"** 我听见背景声里有
一个声音……

"我看你有一个朋友。"
我说。

"是的,"他回答,"现在,我想要
六首诗……"

**"柴那斯基糟透了!柴那斯基是个浑蛋!"**
我听见另一个
声音。

"你们在喝酒?"
我问。

"那又怎样?"他回答,"你也喝酒。"

"确实……"

**"柴那斯基是个浑蛋!"**

然后
这家杂志的编辑给了我
地址,我把它抄在一个信封的
背面。

"现在给我们寄一些诗……"

"我将看看我能做什么……"

**"柴那斯基写的是屎!"**

"再见。"我说。

"再见。"这位编辑
说。

我挂了。

肯定有很多孤独的人
在夜晚
无事可做。

## 悲壮的会面

那时我越来越引人注目从而可兹利用
我有这么一个巨大的弱点:
我以为和许多女人上床
意味着一个男人聪明、善良和
优秀
尤其是如果他处于
面对任何一只兔子都不放过的
55岁的年纪
我举重
疯狂地喝酒
做
那事。

大多数女人是美好的
大多数女人看起来都不错
只有一两个真的蠢笨
无趣
但是对于乔乔
我甚至无法归类。
她的信轻描淡写,老是重复
同样的事:
"我喜欢你的书,很想见见
你……"
我回信告诉她
这是毫无
问题的。

然后在哪里见面的指示
随之
而来：在这所大学
这个日期
这个时间
就在她
下课以后。

大学在
山上
约定的日子和时间
到了
带着她画的
歪歪扭扭的街道
外加一张路线图
我出发了。

这是在玫瑰碗球场
和南加州最大墓地之一
之间的一个地方
我早早到达
坐在我的
车里
品着顺风威士忌
望着女生——有那么多
女生，一个人根本不可能
全部拥有她们。

然后铃响了，我从车里

出来，走到大楼
前面，有一排长长的
台阶，学生从大楼里鱼贯而出
走下台阶
我站着
等待，很像机场
到达口
我无法判断
哪一个
会是她。

"柴那斯基。"有人喊
她在那儿：十八九岁，
不丑不美，身材容貌平平，
貌似也不恶毒，
不聪明，不愚蠢，也
不疯狂。

我们轻轻地接吻，然后
我问她是否
有车
她说
她有车
我说："很好，我开车
带你到你车那里，然后你跟着
我……"

乔乔是个很好的跟随者，她一路
跟着我到达东好莱坞我

破旧的庭院。

我给她倒了一杯酒,我们说着
非常无趣的话,间或
接吻。
接吻既不美好也不糟糕
既不有趣也不无
趣。

大把时间溜走了,她只喝很少的
一点酒
我们又吻了一会儿,她说:
"我喜欢你的书,它们真的对我
很有用。"
"该死的书!"我告诉她。
我褪下短裤,把她的
裙子掀上去
我使劲折腾
但她只是接吻和
交谈。
她有反应也没
反应。

然后
我放弃了,开始
豪饮。
她说起几个
她喜欢的其他
作家

但对他们的喜欢
都不及对我的。

"是的,"我给她新倒了一杯,"是
这样的吧?"

"我得走了,"乔乔说,
"我明早还有一门
课。"

"你可以睡这儿,"我建议道,"然后
早早出发,我炒的鸡蛋
非常好吃。"

"不,谢谢,我得
走了……"

她离开了,带着
几本她此前
从未见过的
我的书,
那些书是我那晚
早些时候给她的。

我又喝了一瓶并决定
好好睡一觉
若有所
失。

我关了灯
扑倒在
床上
没有
洗
漱。

我仰望黑暗
在想，此时此刻，这里有一个人
我永远都
写不出来：
她既不美好也不糟糕，
真或者不真，善或者
不善，她只是大学的
一个女孩
在玫瑰碗球场和垃圾场之间的
一个地方。

然后我开始瘙痒，我抓挠
自己，我感觉脸上似乎有
东西，在我腹部，我吸气，
呼气，努力入睡但
痒得难受，然后
我感觉被咬了一下，接着是几下，
好像有东西
爬满我全身……

我冲到浴室
打开灯

我的天哪,乔乔身上有跳蚤。

我走到淋浴下面
站在那儿
调节水温,
想着,
那个贫穷的
亲爱的
女孩。

## 一首普通的诗

既然你们总想知道
那我就承认我从不喜欢莎士比亚、布朗宁、
勃朗特姐妹、
托尔斯泰、棒球、海边的夏天、掰
手腕、曲棍球、托马斯·曼、维瓦尔第、温斯
顿·丘吉尔、达德利·摩尔[1]、自由诗、
比萨、保龄球、奥运会、三个臭皮匠[2]、马克思
兄弟[3]、艾夫斯[4]、艾尔·乔森[5]、鲍勃·霍普[6]、弗
兰克·西纳特拉[7]、米
老鼠、篮球、

---

[1] 达德利·摩尔(Dudley Moore, 1935—2002),英国演员、喜剧演员、音乐家和作曲家。
[2] 三个臭皮匠(The Three Stooges),也被称作"活宝三人组",是美国杂耍喜剧组合,活跃于1922年至1970年。
[3] 马克思兄弟(Marx Brothers),知名美国喜剧组合。他们五人是亲生兄弟,常在歌舞杂耍、舞台剧、电视、电影演出。
[4] 查尔斯·爱德华·艾夫斯(Charles Edward Ives, 1874—1954),美国古典音乐作曲家。被誉为最先在国际上享有盛誉的美国古典音乐作曲家之一。
[5] 艾尔·乔森(Al Jolson, 1886—1950),美国歌手,喜剧演员,拥有犹太人血统。在鼎盛时期,艾尔·乔森被称为"世界上最伟大的艺人"。
[6] 鲍勃·霍普(Bob Hope, 1903—2003),美国著名的演艺者、喜剧演员。
[7] 弗兰克·西纳特拉(Frank Sinatra, 1915—1998),在华语世界绰号"瘦皮猴",美国歌手和奥斯卡奖得奖演员。被公认为20世纪最优秀的美国流行男歌手之一。

爸爸们、妈妈们、表兄弟们、妻子们、零工
　　（虽然比前面的好点），
我不喜欢胡桃夹子组曲、奥斯卡金像奖、霍桑、
梅尔维尔、南瓜派、跨年夜、圣诞节、劳动节、
独立日、感恩节、耶稣受难日、世界卫生组织、
培根、斯波克医生[1]、黑石集团[2]和柏辽兹[3]、弗朗
　　茨·李斯特、连裤袜、
虱子、跳蚤、金鱼、螃蟹、蜘蛛、战争
英雄、太空飞行、骆驼（我不信任骆驼）或者
圣经，
厄普代克[4]、埃丽卡·容[5]、高尔夫球、调酒师、
　　果蝇、简·
方达、
教堂、婚礼、生日、新闻广播、赛
狗、.22步枪、亨利·
方达
还有所有应该爱我但却不爱我的

---

[1] 本杰明·麦克林·斯波克（Benjamin McLane Spock, 1903—1998），美国儿科医师。斯波克于1946年出版的《婴幼儿保健常识》（亦译作《斯波克育儿经》）很长的一段时间内都是畅销书，影响了几代人。
[2] 黑石集团又译作"百仕通集团"，是美国著名的私人股权投资和投资管理公司，由苏世民及彼得·乔治·彼得森创建于1985年。
[3] 埃克托·路易·柏辽兹（Hector Louis Berlioz, 1803—1869），法国作曲家，音乐评论家，以1830年写的《幻想交响曲》闻名。
[4] 约翰·厄普代克（John Updike, 1932—2009），美国小说家、诗人。著作《兔子富了》和《兔子安息》分别在1982年和1991年荣获普利策奖。
[5] 埃丽卡·容（Erica Jong, 1942—），美国作家，以小说和诗歌闻名。

女人以及
春天的第一天和
最后一天
还有这首诗的第一行
和你现在正在读的
这一行。

**从一条老狗的杯子里……**


啊,我的朋友,这很可怕,比那
还糟糕——你本来
很顺利——
一瓶酒下肚就
完了——
诗在你的脑海中
酝酿
但是
在 60 岁至 70 岁的
中途
你停下来
在打开第二瓶
酒之前——
有时
不会停下来
在长达五十年的
酗酒之后
你可能会想
那额外的酒
会让你
在某个养老院中
喋喋不休
或者让你
孤零零地在
住处
中风

猫咀嚼着
你的肉
当早晨的雾
进入破碎的
纱窗。

一个人甚至想不起
肝脏
如果肝脏
想不起
我们,那该
多好。

但似乎是
举杯消愁愁更愁
江郎才尽
词已穷。

死不重要
但濒临死亡的终极麻烦
比痛苦更
可怕。

我将用喝啤酒
度过这个
夜晚。

**让他们滚**


让炸弹滚吧
我已倦于等待

我已收起我的玩具
折叠起路线图
取消了《时代周刊》的订阅
吻别迪士尼乐园

我取下猫身上的跳蚤项圈
拔掉电视机插头
我不再梦见粉色的火烈鸟
我不再查看市场指数

我们让他们滚
我们让他们爆炸

我已倦于等待

我不喜欢这种勒索
我不喜欢政府玩弄我的生活：
要么拉屎，要么滚
我已倦于等待
我已倦于晃来晃去
我已倦于这种安排

让炸弹爆炸

你们这些卑鄙的啜泣的懦弱的国家
你们这些愚蠢的巨人

行动吧!
行动吧!
行动吧!

逃向你的行星与空间站
然后你在那上面
也能干它。

**努力做到**

来自亚利桑那州的新骑手
还不了解这座城市
上个星期六
他的经纪人
在第一次比赛中
给他找了匹坐骑。
这位运动员上了
高速公路
同一天正值
南加州大学对阵加州大学洛杉矶分校的
橄榄球赛
两个专用道的一条
被堵住
一条路把他带到了玫瑰碗体育场
而不是
赛道。
在他能够掉转车头
之前
他被迫驾车一路前行
到达橄榄球赛
停车点
等他到达赛道时
第一场比赛
结束了。
另外一个骑手用他的坐骑
赢了。

今天在外头
新的赛程表上
我注意到那个来自亚利桑那州的新骑手
在第六局
表现不错。
然后那匹马变成了最后一道
伤痕。

有时在大红大紫的局面中
开始
就等同于在一场飓风中
尝试勃起
即使你做到了
也无人有时间
去注意。

**好邻居之死**


西部大道附近有一处地方。
在那里你爬上楼梯就
可以给身体充电
有一个大块头的摩托车手
坐在那儿
穿着他带有纳粹十字标志的夹克。
他在那里打量着你
如果你没
那种打算
他就保护那里的女孩们。
那个地点就在
洛杉矶
费城三明治店上面
当生意不忙的
时候
那里的女孩们就下来
吃点别的
东西。
开三明治店的
男人
讨厌这些女孩
他不喜欢
为她们服务
但他
不敢
这么做。

后来有一天
我经过这里
摩托车手不见踪影
女孩们
也不在,
显然不是一次简单的
突击搜查
而是一场
枪战:
楼梯上面的
门上
有弹孔。

我为买一个三明治和一杯
啤酒
走进这家三明治店
这位店主告诉
我:
"现在
一切都变得更好了。"

后来
我不得不出城
几
天
当我回来
走进
这家三明治店
我看见那扇玻璃窗

已
被
打碎
被木板
挡住。
墙壁里面
柜台已经
被火
烧黑。

差不多
同一时间
我的女友变得疯狂
开始和一个
又一个
男人上床。

几乎所有美好的东西
都消失了。
我提前一个月通知了我的房东
三周后
就搬走了。

**有时你感到很孤独，但这很正常**


当我还是一名挨饿的作者时，我常读主流作家发表在

主流杂志上的作品（在图书馆，当然），这让我感觉

非常糟糕，因为——作为一名遣词造句的初学者，我意识到

他们在涂脂抹粉：我能够感觉到每一处的虚情假意，每一处

彻头彻尾的伪装，让我感觉编辑们的脑袋长在了

他们的屁股上——或者被政治化后，成为出版权力集团的

一员

但是

我只是不停地在写，节衣缩食——体重从197磅掉到

137磅——但是——我只是练习打了大量的字，收到若干封打印出来的

退稿信。

在体重137磅时我说，见鬼去吧，再也

不打字了，专注于喝酒、闲逛和街上的

女人——至少这些人不读《哈珀斯》《大西洋月刊》或者

《诗歌：一本诗的杂志》。

坦率地说，这十年的停摆是公平、提神的

然后我回来了，重新开始尝试写作，发现编辑
    们的脑袋
依旧长在他们的屁股上，诸如此类。
但我的体重已经升至 225 磅
精力充沛
扬扬自得——

准备好在黑暗里
再试一次。

## 毕竟还有一帮好的

我一直与这群老狗保持联系,
写作数十载的
男人,
都是诗人,
他们仍然坐在
打字机前
比以往写得
更好
经历了老婆、战争与
工作
以及所有发生过的
事情。
许多人我出于个人
和艺术原因
并不喜欢……
但我忽视了
他们的耐力和
进步的
能力。

这群老狗
住在乌烟瘴气的屋子里
狂
饮……

他们击打着

打字机:他们
是来
战斗的。

# 这

在打字机前喝醉
比和我见过、认识或听说过的任何女人在一起要好
比如
圣女贞德、埃及艳后、嘉宝、哈罗[1]、玛丽莲·梦
露或者
成千上万在荧幕上
来来去去的形象
或者我看见过的可爱的偶然经过的少女
在公园长椅上，在公共汽车上，在舞会和聚会上，
在选美比赛中、咖啡馆、马戏团、游行、百货
公司、飞碟射击、气球飞行、汽车比赛、牛仔竞技
表演、
斗牛、泥地摔跤、轮滑比赛、烘焙、
教堂、排球比赛、划船比赛、乡村集市、
摇滚音乐会、监狱、洗衣店或者任何地方

在打字机前喝醉
比和我见过、认识的任何女人
在一起要好。

---

[1] 莎洛姆·哈罗（Shalom Harlow, 1973—），生于加拿大安大略省奥沙瓦，是一名国际顶级名模、演员。

## 热

指间有火,鞋里有火,我
走过一间屋子时有火
猫的双眼中有火,猫的蛋蛋里
有火
手表仿佛一条蛇爬过梳妆台
背后
冰箱冻结着 9000 个红彤彤热辣辣的梦
当我欣赏已故作曲家的交响乐时
我沉浸在喜悦的悲伤之中
墙里有火
花园里的蜗牛只是想要爱
马唐草中有火
我们在燃烧燃烧燃烧
一杯水中有火
印度的坟墓微笑着像着了迷的浑蛋
抄电表的女工在凌晨一点的雨夜中孤独地饮泣
人行道的裂缝中有火
以及
整个晚上我一边喝酒一边敲出
十一二首诗
灯光明明灭灭
外面狂风劲吹
其间的一段时间
我一直坐在黑暗中
关掉打字机关掉电灯关掉收音机
在黑暗中独饮

在黑暗中抽烟
火柴烧断了
我们全都一起燃烧
烧掉兄弟姐妹
我喜欢我喜欢
我喜欢。

**迟到的迟到的
迟到的诗**


你想着在马里布的
时光
带着高个儿女孩
晚餐和喝酒之后
你来到大众车前
发现离合器
不见了
(没有汽车俱乐部的卡)
外面空空荡荡,除了
海
你离你的房间有
25英里远
(她的手提箱在那儿
从得克萨斯州某地
乘飞机过来)
你对她说:"好吧,
也许我们可以游回去。"而
她忘记了
微笑。

而写这些诗
的问题是
当你写了第7或
第8或第9首
将近凌晨三点钟

你又打开了一瓶酒
把废纸篓
点燃后
又试着用一本集邮册
点燃
你的烟
曾经一度
在
打字时
还会有些
冒险和乐趣
但当收音机高声播放
古典音乐时
诗歌的内容
开始变得
单薄。

## 凌晨三点的游戏

最糟的事情是
喝大了

所有的打火机
都坏了

火柴盒
空了

只剩下
香烟和雪茄烟头

你发现一个小
火柴盒里
有三根
纸火柴

但火柴在
磨损的
火柴盖上
跛行

倒霉

你喝了
不少

开始四下里寻找

发现一根幸福的
纸火柴
小心翼翼地摩擦它
逆着磨损最少的
空火柴盒

它发出火光!
你终于抽上
烟!

你
容光焕发

你把火柴
弹向一个
盘子

没击中

然后
就这样……

一簇火焰升起

一切都在**燃烧**
终于!

：一张美国运通的客户
收据

：一些
空火柴盒

：甚至有一个废掉的
打火机

火焰旋转
跳跃

然后整个烟灰缸里
熄灭的香烟和雪茄烟头
开始冒烟
仿佛有嘴正在吸
它们

你和火焰作战
用各种不同的杂物
包括你的
手

最终火焰
消失，只剩下
烟雾

这时你大脑里再一次涌出
反复出现的想法：我必须
疯狂。

你听见你妻子的
声音:

"汉克,你
没事儿吧?"

她在
隔壁的
卧室里

"哦,我很好……"

"我闻到烟味儿……是楼下的屋子
着了吗?"

"只是一点小火,琳达……我
搞定了……睡觉吧……"

在一次类似的
事件之后
她给你买了
铁废纸篓

不久她再次
入睡

而你还在寻找

更多的
火柴。

## 总有一天我会为残废的圣徒写一本入门读物，但同时……

当核弹掌握在
越来越少的物种手中
你想要的
就是我坐在你身边
与爆米花和胡椒博士[1]在一起
就像这些钝假牙
咀嚼
我的残骸。

我不太担心
核弹——疯人院已经
够满了
我总是记得
在我曾经拥有过一瓣最好的屁股
之后
我去到浴室
手淫——很难用炸弹
炸死
这样的男人？

总之，我终于
从我的钟塔上摆脱了
罗·杰弗斯和席琳

---

[1] 胡椒博士（Dr. Pepper），美国碳酸软饮料品牌。

我孤独地坐在这里
跟你和陀思妥耶夫斯基
在一起
当这颗真实
与人造的心脏
继续
衰弱，
忍饥挨饿……

我爱你但
不知道该做
什么。

## 需要帮助

我是一个小疯子,后来发现了这本
老疯子写的书,我感觉很好是因为他
能够把它写下来
接着我发现了一部更新的书,同样是这个
老疯子写的
只是对我来说
他似乎不再疯狂,只是看起来
很无聊——
我们都有过一时之好,以及与生俱来的
缺点和失误
我们中的大部分人
常常一夜之间失去本色
进入排便失禁的状态
最终的结果是难以
卒读。

幸运的是,我还发现了其他几个疯子,他们差不
 多都能坚持那条
至死方休的
道路。

那更具运动性,你懂的,他们给我们的人生增添
色彩
就像我们参加了——
隐蔽的——
任务。

## 棍子与石头……

抱怨常常是能力不足的
结果
活在
这该死的笼子的
重重限制之中。
抱怨是一种常见的缺陷
比痔疮更加
普遍
当女作者把她们的尖头鞋子
掷向我
恸哭
她们的诗将永远不会
公之于众
我能够对她们说的
只有
给我亮更多的大腿
给我亮更多的屁股——
那是你（或我）所拥有的全部
趁其
还在时

因为这个共同而显而易见的事实
她们冲我尖叫：
**浑蛋、性歧视的猪！**

好像那样就可以阻止果树

掉落果实
或阻止海洋带来海螺和
希腊帝国的
亡灵

但我并不为被称作什么而
伤神
我不是那样的人；
事实上，这很迷人，无论如何，像一次美好的
背部按摩
在一个冰封的夜晚
在阿斯彭[1]的滑雪索道
后面。

---

[1] 阿斯彭（Aspen），美国科罗拉多州的一座城市。

# 工作

啊,那些日子当我
带着她们
进出
我破旧的公寓。

天哪,我是一个多毛的
丑陋的
东西

我把她们
扔在
弹簧床上

打作
一团

我是个无头脑的
醉醺醺的猿猴
在一位悲伤的
濒死的
邻居眼中。

但最奇怪
的是
新的,持续不断的
女人到来:

这是一次
女性的
游行
而
我欣喜若狂
欢呼雀跃
猛扑抓狂

完全
不知道
那是
什么
意思。

它是一间
让人记忆深刻的
卧室
被涂成一种奇怪的
蓝色。

并且
大部分
女人
在中午前
离开

差不多那个时候
邮递员
到了。

有一天
他对我说:"我的天哪,
哥们儿,你从哪儿
弄来的她们?"

"我不知道。"我
告诉他。

"原谅我,"他
继续,"可是你
看起来不像
上帝送给女人的
礼物,你是怎么
做到的呢?"

"我不知道。"
我说。

这是
真的:就是
发生了而我也
做到了

在我蓝色的
卧室里
我死去的妈妈
最爱的蕾丝
桌布
被钉牢

在窗子
上。

我是一个
大
傻瓜。

## 过头

他不知怎么找到了我——他在电话中——聊起
过去的日子——
想知道麦克或肯或朱莉·安妮
究竟发生了什么事?——
还记得什么……

——然后
还有他现在的问题——

——他是个健谈者——他一直是个
健谈者——

而我是个
倾听者

我倾听是因为我不想
伤害他
不想跟他说让他闭嘴
像别人在过去的
日子里
所做的
那样

现在
他回来了

而
我只得把电话举出
一臂之远
但仍然能够听见
声音——

我把电话递给我的女友
她听了
一会儿——

最终
我拿过电话告诉他——

嘿,哥们儿,该停了,肉还在烤箱里
烤着呢!

他说,好吧,哥们儿,我回头再
打给你——

(我记起关于这个老兄
的一件事:他说话
算话)

我将电话放回到
听筒上——

——我们没有任何肉在
烤箱里,我的女友
说——

——是的,我们有,我告诉她,
就是
我。

## 我们的欢笑被他们的痛苦掩盖

当孩子穿过街道,当深海潜水员
潜入海底,当画家作画——
对抗逆境最好的办法是辩白
与赞美,就像燕子飞往
月亮——
乌云压顶万民悲
他们被欺骗,他们被教育
即使无所承诺,也要充满
期待
现在少女们在小房间里独自哭泣
老人们愤怒地对着幻觉
挥舞着手杖,当
妇人在梳头发,当
蚂蚁们奔走求生
历史包围着我们
我们的生活
在羞愧
中
悄然溜走。

## 谋杀

竞争，贪婪，出名的欲望——
在很好的开端之后，他们几乎都在
不想写的时候写作，他们听令
而写，他们为凯迪拉克和年轻
女人而写——还要还清
老妻的债。

他们在脱口秀节目中露脸，与同龄人一起
参加聚会。
大部分去到好莱坞，变成枪手和
八卦
拥有与越来越多、越来越
年轻的女人或（和）
男人的
风流韵事。
他们在好莱坞与聚会之间写作，
这是时钟一样机械的写作
在女士内裤和／或
丁字裤上
还有可卡因之间写作
他们中很多人想方设法搞砸了
与国税局的关系。

在老妻、新妻，越来
越年轻的女孩之间写作
他们全部的版税和余钱——

成千上万的
美元——
变成突如其来的
债务。

写作变成了一次毫无用处的
痉挛
浪费了曾经
强大的
天赋。

这种情况发生,不断发生
继续发生:
才华被腰斩
众神很少
赐予
收回却是
如此之快。

## 我在干什么?

别在高速公路上与这些狂飙的赛车手较量了,当
　　我们
开着车咆哮着穿过游丝一样的车流缝隙
音乐声响彻正午、黄昏与黑夜
实际上我们只想坐在凉快的花园里
静静地聊着酒话。
是什么让我们走到了这一步?——内生的趾
　　甲?——或者女人
不够多?——是什么样的愚蠢让我们不停拧着
死神的鼻子?
我们害怕病床前缓慢移动的便盆吗?——或者在
　　一个
长着该死的粗腿的护士给我们的半生不熟的豌豆
　　面前
垂涎欲滴?
是怎样放肆的冲动让我们一只手放在方向盘上
把油门踩到底?
我们难道没有意识到缓慢老去的
平静吗?
这召唤出战争的是什么?

我们是最病态的品种——仿佛高尚的博物馆——
　　伟大的艺术——
世世代代的知识——全都被遗忘
当我们在做浑蛋时发现了
深刻性——

我们将要完蛋，就像一张
照片——几乎真人大小——悬挂
在交通法庭的墙上
用以警告后人。

人们会颤抖一下
然后转过头去

明白
太自负是
不行的。

**紧张的人们**

你为了买一件东西走了进去——把它交给收银
    员——他
不知道价格——请求先离开一下——过了很长
    时间
返回——盯着电子收银器——结账
有些困难：47583.64 美元——你身上没带
这么多钱——他大笑——打电话求助——另一位
    职员
到了——过了很长时间他发现一个新的金额：
1.27 美元。我付钱——然后非要一个袋子——我
    感谢了这位
收银员——与跟我在一起的夫人走到停车场——
    "你
让人家紧张了"，她告诉我——

我们载着这件物品回家——我们使用这件物
    品——它
无法使用——这件物品出厂就有
缺陷——
"我要把它退了"，她说——

我走到浴室，直接尿到马桶
正中——冲突只是困扰每个人
一生中体面的一天的问题之一。

**计算**


梵高割下他的耳朵
把它送给一个
妓女
她极其厌恶地
把它
扔了。

梵,妓女不想要
耳朵
她们想要
钱。

我想这就是为什么
你是一个如此伟大的
画家:其他
事情
你都
不懂。

**你心如何？**

在我最糟糕的时期
在公园长椅上
在监狱里
或者与妓女们
生活在一起时
我总是有种特定的
满足感——
我不会称之为
幸福——
它更是一种内在的
平衡
可以解决
一切
它在工厂里
帮助你
在你和女孩们的
关系出
问题的时候
帮助你。

它帮助你
度过
战争
宿醉
巷战
和

住院生活。

在一个廉价的房间里醒来
在一座陌生的城市
拉上窗帘——
这是最疯狂的一种
满足感
走过地板
到达镜子破裂的
老旧的梳妆台——
看自己,丑陋地,
咧嘴一笑。

最重要的是
你将怎样完美地
走过
火焰。

**忘了吧**

现在,听着,我死时,谁都不要哭,抓紧时间
处理后事就好,我已经拥有过完整的生命,
如果人人都有影响力的话,我已经
有过了,并且享用了七八年,这对每个人
来说都已足够。
到最后,我们都是一样的,所以,请不要发表悼词,
除非你想说,他赌马,而且
很在行。

下一个就是你,我已经知道了你不知道的事,
或许。

**静夜思**

今夜坐在
这张
窗边
的
桌前

在
卧室的
女人
很忧郁

这是她
特别糟糕的
日子。

唉,我有
我的

所以
要顺从
她

打字机
依
旧。

很奇怪,
用
手
打出这篇东西

让我想起了
过去的
那些
日子
当万事
以另一种
方式
皆
不
顺利的时候。

现在
猫过来
看
我

它在桌下
我的双脚
之间
卧着

我们都
熔化
在同样的

温暖中。

还有,亲爱的
猫,我们仍旧
与诗共
舞

有人
注意到
这里
有些
"下滑"。

唉,在
65岁的年纪,我可以
"下滑"
很多次,可仍旧
围着
这些傻瓜
批评家
转。

李白知道
做什么:
再喝
一瓶酒然后
直面
后果。

我转向我的
右侧，看见这个高大的
头颅（反射在
窗户上）吸着
一支烟
还有

我们
相视
而笑。

然后
我转过
身来

坐在这里
并
在纸上打出更多的
字

永远没有
最后的
隆重
声明

而这就是
陷
我们于
不利的

解决办法
与伎俩

但是
我希望你能够看见
我的
猫

他橘黄色
的脸上
有一抹
白色

然后
当我抬起头
走进
厨房

我看到头顶的
灯光下
有一片
光亮

隐入
黑暗
然后隐入更黑的
黑暗直到
我再也
看不见。

**这是我们的**


那儿一直很空旷
在他们找到我们之前
那个空间
那个放松之地
喘息之地
就是说
可以倒在床上
什么都不想
什么都不说
从水龙头接一杯
水
在对一切了无兴趣
的时候

那个
温柔纯粹的
空间

值得

存在
几个世纪

我是说

就是一边挠你的脖子

一边望着窗外的
一截枯枝

在他们找到我们之前
那个空间
那里
确保
他们找到我们时
不会
得到全部

永远不会。

图书在版编目（CIP）数据

本该孤独 /（美）查尔斯·布考斯基（Charles Bukowski）著；伊沙，老G译. -- 南京 : 江苏凤凰文艺出版社, 2025. 8. -- ISBN 978-7-5594-9749-9

I. I712.25

中国国家版本馆CIP数据核字第202532CE10号

版权局著作权登记号：图字 10-2025-185

YOU GET SO ALONE AT TIMES THAT IT JUST MAKES SENSE, Copyright © 1986 by Charles Bukowski
Published by arrangement with HarperCollins Publishers.
Simplified Chinese translation copyright © 2025 by Beijing Xiron Culture Group Co., Ltd.
AII RIGHTS RESERVED

# 本该孤独

【美】查尔斯·布考斯基（Charles Bukowski） 著　伊沙　老G　译

| 责任编辑 | 曹　波 |
|---|---|
| 责任印制 | 杨　丹 |
| 特约监制 | 里　所 |
| 特约编辑 | 里　所　方妙红　胡瑞婷　胡啸岩 |
| 封面设计 | 卢　涛 |
| 出版发行 | 江苏凤凰文艺出版社 |
| | 南京市中央路 165 号，邮编：210009 |
| 网　　址 | http://www.jswenyi.com |
| 印　　刷 | 河北鹏润印刷有限公司 |
| 开　　本 | 880 毫米 × 1230 毫米　1/32 |
| 印　　张 | 10.25 |
| 字　　数 | 200 千字 |
| 版　　次 | 2025 年 8 月第 1 版 |
| 印　　次 | 2025 年 8 月第 1 次印刷 |
| 书　　号 | ISBN 978-7-5594-9749-9 |
| 定　　价 | 69.00 元 |

江苏凤凰文艺版图书凡印刷、装订错误，可向出版社调换，联系电话 025-83280257

**磨铁诗歌译丛丨布考斯基系列**

《这才是布考斯基》
*Essential Bukowski*
伊沙、老 G 译

《关于写作》
*On Writing*
里所 译

《关于猫》
*On Cats*
张健 译

《边喝边写》
*On Drinking*
张健 译

《醉弹钢琴如敲打击乐器直到手指开始有点流血》
*Play the Piano Drunk Like a Percussion Instrument Until the Fingers Begin to Bleed a Bit*
伊沙、老 G 译

《本该孤独》
*You Get So Alone at Times That It Just Makes Sense*
伊沙、老 G 译

《生死风暴》（待出版）
*Storm for the Living and the Dead*
伊沙、老 G 译

……

磨 铁 读 诗 会